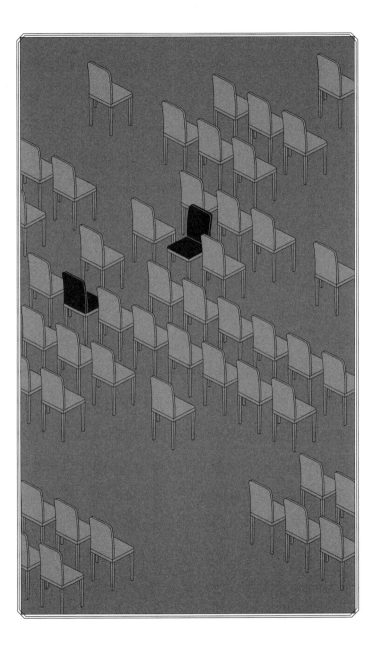

아침달 시집

가장낭독회

기원석

시인의 말

또다시 일어나고 있습니다

당신이 암투 끝에 해치우고 쓰러트린

당신의 삶이

2024년 8월

기원석

차례

1부

2부

3부

4부

부록

1부

튜토리얼

    다섯 편 혹은 열한 편의 시가 무대에 오를 것이다 그들이 고개 숙여 독자에게 예의를 갖추고 자리에 앉자마자 시가 시작될 것이다 그들이 각자의 원고를 꺼내어 동시에 읽고 누가 제지할 틈도 없이 뒤섞일 것이다 단어들이 드문드문 들리고 한 편에 집중하려고 치면 다른 한 편이 목청을 높일 것이다 그들은 서로가 편치 않을 것이다 각자가 서로를 인정하지 못할 것이다 그것은 서로에게 시가 아니기 때문이다 각자가 읽는 자신에게 집중할 것이다 서로의 잡음을 이겨내기 위해 공백을 비집고 잠시 멈추고 소리를 높이고 독자에게 밀착하고 주목받는 곳으로 자리를 옮기고 모든 게 끝나기를 기다리며 침묵하고 유인물을 배부하고 몇몇 독자의 귀에 대고 속삭이고 조명을 받으려고 손짓을 하고 말다툼을 하고 고개를 젓고 결국 중단될 것이다 몇 편 정도는 먼저 끝났을 수도 있다 몇 편 정도는 일찌감치 무대를 떠나고 소강상태에 접어들 때 다시 등장할 수도 있다 몇 편 정도는 아무것도 의미하지 않을 수 있다 어떤 편도 시가 아닐 수 있다 어떤 편도 기억나지 않을 수 있다 모든 편이 모국어로 들리지 않을 수 있다 어떤 편이 사물로 대체될 수 있다 모든 편이 배우로 보일 수 있다 그

러나 독자가 모든 것을 그대로 흘려보내야 한다는 사실만은
변하지 않고 어떤 것에도 개입할 수 없다는 무력함도 변하지
않고 아주 사소한 무엇이라도 어떤 편이라도 건드리고 정리
하고 다독이고 언급하고 제지하고 다그치고 넘겨짚고 이해
하고 차단하고 응원하고 옮겨 적고 내던지고 쑤셔 넣고 구토
하고 쓰러뜨리고 무시하고 파내고 실어 가고 덮어두는 이들
이 강제로 연행되고 객석에는 관객을 잃고 쓰러지는 철제 의
자가 서른 개 혹은 여섯 개

가장낭독회

[낭독을 위한 지시 사항]

그러나 가장 적막한 홀에서도 낭독은 들리지 않을 것. 혀와 입술의 움직임만으로 시를 읽을 것. 관객은 자신의 청각을 해방할 것. 낭독은 점점 빠른 속도로 진행할 것. 처음에는 모데라토 다음에는 알레그로 마지막에는 아지타토 프레스티시모까지 치달을 것. 정확한 발음과 깊은 성량으로 낭독할 것. 관객은 그 모습을 낱낱이 들여다볼 것. 팔짱을 끼고 한쪽 어깨를 불쑥 내민 채로 낭독자의 검은 목구멍을 꿰뚫어볼 것. 날카로운 불신과 의심 속에서 낭독자를 말없이 힐난할 것. 낭독자의 혓바닥과 낭독자의 송곳니와 낭독자의 입천장과 낭독자의 침 삼키는 소리를 꿰뚫어 볼 것. 그것들이 탄로 나지 않도록 낭독자는 낭독할 시가 아닌 가짜 문장들을 준비할 것. 시가 아닌 육성과 시가 아닌 단어와 시가 아닌 리듬과 시가 아닌 열망과 시가 아닌 거짓말과 시가 아닌 호소와 시가 아닌 삶을 예비할 것. 혀와 입술의 움직임만으로 전달할 것. 요동치는 침묵을 관객들은 두 눈으로 필사하여 한 권의 책으로 엮을 것. 그것을 소리 내어 읽을 것

튜토리얼

"If the rule you followed brought you to this,
of what use was the rule?"
—〈노인을 위한 나라는 없다〉 중에서

그리고 이 글은 시가 되지 않는 문장들로 이루어져 있다. 출판되지 못하는 비문들, 인용될 수 없는 덩어리들, 기억에 남지 않는 잡념들, 도태될 유전자들, 감각이 닿지 않는 살점들, 불쏘시개로 쓸 수 없는 데이터들, 읽을 수 없는 표지판들, 시대에 뒤처진 경구들, 찢어져 가라앉는 그물들, 껍질투성이의 오믈렛들, 오렌지를 쥔 주먹들, 휘두르지도 내던지지도 못하고 짓물러가는

글에게 의문을 제기하는 을이 있고

을: 시작할 수 있다면 언제든 시작해주세요. 우리에게는 매일 매 순간이 간절하죠.

정: 글을 끝내야 하지 않겠소? 중요한 건 시작이 아니라 끝이오.

병: 예를 들면?

정: 우리가 꾸는 꿈처럼 말이오. 언제 시작하는지도 모르

지만, 끝나는 순간은 언제나 뚜렷하지.

을: 하지만 글은 꿈이 아니에요.

대화가 멎고 셋이 잠시 죽는다. 그들이 죽어 있는 동안 다른 글이 시작된다. 글을 따라 정이 깨어난다.

정: 시에 대한 시는 쓰지 마시오. 시인의 협소한 상상력을 스스로 까발리는 자충수니까.

을: 그럼 글에 대한 글은 어때요?

정: 그건 괜찮겠소.

을: 그럼 수도꼭지에 대한 수도꼭지는요?

정: 뭐라고?

을: 고양이에 대한 고양이는요?

정: 지금 말장난이나 치려는 거요?

병: 예를 들면?

을이 고양이가 되어 의자에서 뛰어내린다. 정이 다시 깨어나고 병은 쓰러진 병인 채로 한 움큼의 쌀을 입에 넣는다.
하루살이를 덮는 을의 앞발을 덮는 정의 손바닥이 이렇게 말
하는 것 같다.

정: 고양이는 스스로에 대해 생각하지 않소. 고양이에 관
  한 생각은 고양이가 아닌 자여야 할 수 있지.
을: (정의 손바닥 위에 다시 앞발을 덮으며) 그럼 시에 관
  한 시도 시가 아닌 건가요?
정: 그렇기도 하고, 아니기도 하오. 둘 중 하나는 시이기
  를 포기해야 하지 않겠소?
을: 포기하고 나면 그건 뭐가 되는 거죠?
정: 글쎄. 어쨌거나 그런 걸 두려워할 필요는 없소. 시가
  되지 못한 하나는 언젠가 더 번듯한 시로 돌아올 운
  명이오.
병: 언젠가? / 을: 운명?

아무것도 아니기도 하고 아무것이기도 한 을이 창밖을
향해 뛰어내린다. 창틀에는 쌀알이 쏟아져 있다. 이번 세상

은 암전. 죽음으로부터 정이 고발되었다.

정: (스포트라이트에 눈살을 찌푸리며) 날 그런 눈으로
   보지 마시오. 이 죽음은 사실이 아니오. 아무것도 아
   닌 걸 아무것도 아니라고 할 뿐이오. 우리에게는 최
   선의 결과물을 읽을 권리가 있소. 작가일 때에 우리
   는 자유롭소. 그러나 수많은 독자 앞에서는 누구도
   자유로울 수 없소. 함부로 시작해선 아니 되오. 어중
   간한 시작은 어중간한 끝을 향해 가오. 글은 꿈이 아
   니지만, 꿈과 마찬가지로 죽음으로 끝이 나오. 꿈과
   다른 게 있다면 누가 얼마나 꾸어 갈지도 알 수 없다
   는 것이오. 나 또한 끝날 것이오. 조만간 끝날 것이오.
   그럴 운명이니까. 다만 끝나기 때문에 시작을 역추적
   할 수도 있소. 당신은 어디로 가고 있소? 당신은 무엇
   으로부터 존재하는 게요? 만일 자기 자신을 어중간
   하다고 생각한다면, 스스로가 아무것도 아니라고 여
   겨진다면, 시에 대한 시로도 괜찮다면, 얕고 천한 자
   신에게 만족한다면 계속 그렇게 사시오. 죽음이라곤

텍스트로써만 경험하는 무한한 관념의 요람 속에서,
꿈 같은 글에 취하여, 시에 대한 시나 읽고 쓰다가, 삶
에 대한 삶을, 슬픔에 대한 슬픔과, 수도꼭지에 대한
수도꼭지에서, 강에 대한 강으로, 인간에 대한 인간
과, 고양이에 대한 고양이에게, 연기하는 것에 대해
연기하면서, 무한에 대한 무한? 아니, 유한한 지면 앞
에서 예정된 패배를 맞이하시오.

그의 말이 끝난 뒤에도
누구도 무의 존재를 알아차리지 못한다.

무인

누가 날 이런 곳에서 깨웠습니까 부스스 몸을 일으켜 주위를 둘러봤더니 텅 빈 카페입니다 분명 귀가 저릿할 정도로 웅장하고 주저앉은 육성이었습니다 다소 격앙된 대화가 들려왔으나 관심도 흥미도 내용도 없었기에 잠들었는데 텅 빈 카페입니다 분명 눈이 멀 것만 같은 휘황하고 참담한 슬픔이었습니다 시야에 그을음이 졌습니다 비극도 아니고 불운도 아니고 울음소리도 아니어서 당황스럽기만 한 슬픔이었는데 텅 빈 카페입니다 분명 검게 탄 베이글과 엎어진 커피잔이었습니다 혓바닥을 내미는 계절도 아니고 맨손과 맨 귀로 갇힌 만원 지하철도 아니고 얼룩무늬 철모와 방탄조끼와 너도밤나무 그늘로 피신하던 추억도 아닌데 텅 빈 카페입니다 화분에 해바라기가 심어지고 의자의 다리들이 겹치고 비상구 표시는 점점 푸르러지는데 누운 갈대들이 일어나려고 서로를 넘어뜨리고 굴뚝에 비해 잿가루는 진심처럼 희고 바스러지고 철길을 따라 터널의 양 끝으로 기차들이 빨려 들어가고 침묵에서 탄내가 나고 시간은 내연기관처럼 돌아가는데 석류알 같은 눈빛들이 어딘가를 훑고 있습니다 어둠 속에 홀로 불이 켜진 카페였습니다 누가 저런 곳에서 잠들었습니까

어항

기역과 히읗이 시소를 탄다. 기역은 온 힘을 다해 타고 히읗은 시소를 잘 타고 둘은 적당히 떨어져 있다. 기역은 엉덩이로 시소를 타고 히읗은 두 발로 시소를 탄다. 기역이 뒷자리로 가면 히읗이 뒷자리로 물러난다. 기역이 앞자리로 오면 히읗이 앞자리로 다가온다. 기역이 다리 사이에 시소를 낀 채로 히읗에게 가고 히읗은 시소에서 내려 기역이 다가온 만큼, 보다는 조금 덜 기역에게서 멀어진다. 기역은 뒤돌아 히읗을 보고 히읗이 뒤돌아 기역을 본다. 기역이 발라당 넘어지고 히읗이 천천히 시소를 든다. 기역이 시소에 누우면 히읗도 시소에 눕는다. 기역이 시소 위에 올라서면 히읗도 시소 위에 올라선다. 기역과 히읗이 널뛰기를 한다. 기역은 온몸으로 뛰고 히읗은 널뛰기를 잘하고 둘은 적당히 떨어져 있다. 기역이 멀리 공중으로 날아가면 히읗은 시소 위에 서 있다. 기역이 시소 위에 서 있으면 히읗이 멀리 공중으로 날아간다. 그동안 기역이 시소를 떠나고 멀리 날아간 히읗은 내려오지 않는다. 기역이 돌아와 시소를 치운다. 날아간 히읗이 내려오지 않는다. 기역은 웅크린다. 기역은 기다린다. 기역은 하늘을 올려다본다. 기역은 커다란 침대를 가져온다. 시소가 있던 자리에 침대를 놓는다. 기억이 손에 꽃다발을 들고 침대에 눕고 히읗이 침대로 떨어진다. 기억이 멀리 날아가고 히읗의 곁에는 꽃다발이 있다. 히읗은 꽃향기를 맡는다. 히읗은 꽃다발을 침대에 놓고 내려온다. 침대에서 적당히 떨어진 자리에 어항을 놓는다. 히읗은 다시 반대편으로 걸어가 침대에서 아까만큼, 보다는 조금 덜 떨어진 자리에 어항을 놓는다. 히읗이 둥근 어항에 몸을 구겨 넣는다. 히읗이 자기 어항에 물을 채운다. 기억이 어항에 떨어진다. 떨어진 기억은 어류이고 기억은 헐떡대고 기억의 어항에는 물이 없다. 기억이 온몸으로 바둥거리며 히읗에게 다가간다. 히읗이 어항과 함께 몸을 굴리며 기억에게 다가간다. 기억이 히읗의 어항으로 뛰어들고 히읗은 기억의 빈 어항으로 몸을 던지고 침대 위에서 꽃다발이 젖어가고 있다.

네트

갈까 가자 어디로 어디든 어떻게 어떻게든 마실까 마시
자 살까 사자 자를까 자르자 버릴까 버리자 쓸까 쓰자 긁을
까 긁자 붙일까 붙이자 어디에 어디든 켤까 켜자 주울까 줍
자 붙을까 붙자 끌까 끄지 말자 어째서 어쨌든 뛸까 뛰자 말
할까 말하자 집을까 집자 던질까 던지자 받을까 받자 일어날
까 일어나자 앓을까 앓자 문지를까 문지르자 엎을까 엎자 적
을까 적자 누를까 누르자 뜯을까 뜯자 잠글까 잠그자 씻을
까 씻자 닫을까 닫자 열까 열자 묶을까 묶자 밟을까 밟자 볼
까 보자 죽을까 죽자 살까 가자 어디로 어디든 지금 지금 내
일은 내일도 모레는 모레도 언제나 언제든 언제까지나 언제
까지고 울까 울자 잡을까 잡자 찾을까 찾자 뿌릴까 뿌리자
섞을까 섞자 굴릴까 굴리자 짖을까 짖자 따를까 따르자 씹을
까 씹자 저을까 젓자 닦을까 닦자 탈까 타자 걸까 걸자 물까
물자 웃을까 웃자 불까 불자 가질까 가지자 얼마나 얼마든
언제까지 어디까지든 어째서 어떻게 누구든 무엇이든 무엇
과 누군가와 갈까 가자 때릴까 때리자 팰까 패자 감을까 감
자 팔까 파자 멈출까 멈추자 물을까 묻자 기도할까 기도하자
맡을까 맡자 뽑을까 뽑자 말릴까 말리자 깨울까 깨우자 괜찮

을까 괜찮아 어째서 어쨌든 닥칠까 닥치자 뗄까 떼자 흘릴까
흘리자 굳을까 굳자 이렇게 그렇게 갈까

포도의 필경사

[등장인물]

H

G: (노트 한 권을 책상 앞에 두고 고심한다. 범죄 계획이
라도 구상하는 양 신중하게 무언가를 적고 그리다가
거칠게 줄 긋기를 반복한다. 퀸 사이즈 침대만 한 책
상 위에 노트가 쌓여 있다. 무수한 책을 필사한 노트
그리고 그것을 필사한 노트들, 필사한 노트를 필사한
노트를 필사한 노트들. 그 위에 노트 한 권을 펼쳐 놓
고 펜을 놀리며) E. E. 커밍스가 말했습니다. 당신의
슬픔은 너무 작아 비가 내려도 젖지 않습니다. 테네
시 윌리엄스는 말했습니다. 그러나 거울에 쌓인 먼지
처럼 외롭지 않습니다. 이상이 말했습니다. 아니 한
용운이 말했습니다. 산토끼가 고개를 치켜듭니다. 반
나절 동안 곤두세운 우울이 등에 포개어졌습니다. 프
루스트, 아니 니체, 아니면 블랑쇼나 카뮈, 누구라도
좋으니 좀 도와주세요. 당신들 중 인자한 누군가가
나를 구원합니다. 당신과 나, 그리고 꽃나무 그늘. 세

개의 톱니바퀴가 서로 맞물렸으면 좋겠습니다. 누가 그걸 돌려줬으면 좋겠습니다. 폴록 혹은 멜빌은 말했습니다. 서로의 애착을 한 폭의 요람에 담았습니다. 그걸 잡아채 달아난 자가 대체 누굽니까? 오닐, 플로베르, 나는 결백합니다. 거기 계십니까 아흐마또바? 아니면 금홍? 그러나 나는 숨고 싶습니다. 두아르떼, 뽀르뚜까, 나타샤. 누구든 부디 받아 적을 수 있게 말해주십시오. 매그넘이 속삭였습니다. 먼발치에 당신이 보입니다. 리틀 보이가 외쳤습니다. 그러나 당신이 보고 싶군요. 나는 볼프강도, 콘스탄틴도, 코스챠도 아니지만, 당신께 남의 글을 읽어주는 나는 메이도, 블랑쉬도, 에스트라공도 아니지만…… (창밖으로 번개가 내리친다. 질주하는 마차 뒤의 흙먼지처럼 몰려오는 우레. 놀란 나머지 노트로 만든 탑을 마구 무너뜨리는 필경사. 그러나 쓰러지는 노트를 따라 책상도 점점 넓어지고 있다. 퀸에서 킹으로. 책상에 필사 노트들이 산처럼 쌓인다. 킹에서 슈퍼킹으로. 발버둥을 치던 필경사가 자세를 고쳐 앉고, 방금까지 자신이

읽던 노트 위에 새 노트를 펼치고 필사를 시작하며)

H가 말했습니다.

Closet Poem

[낭독을 위한 준비물]

낭독하기 좋은 옷장 한 채

옷장 밖으로 던져버릴 겨울용 점퍼 다섯 벌과 옷걸이 열 아홉 개

(가장 두껍고 푹신한 한 벌은 남겨둘 것)

침묵 삼백사 초

블레이저를 휘날리며 뛰어다니는 토끼 신사 마흔한 마리

토끼의 품에 안기기 좋은 시집 쉰일곱 권

청중 이백 명 이상

(이백 명을 모실 여력이 되지 않으면 직접 찾아갈 것

이를테면 광장

또는 종소리가 들리는 언덕

또는 해변)

옷장보다 작은 낭독자 한 명

낭독할 시 한 편

(온갖 과일들을 먹는 시)

끝이 뾰족한 장우산 열여덟 자루

검붉은 커피 한 잔

늦봄 아흐레

사흘간의 백 밀리미터 폭우

오페라글라스 청중의 수만큼

옷장 속에서 죽은 낭독자를 실어 갈 접이식 들것 한 개

폴리스 라인 테이프 팔십 미터

추문 원고지 오백 매 분량

유고 시집 한 권

(썩은 과일 냄새가 나는 시집)

끈끈한 어둠 한 구

토끼를 닮은 고양이 여섯 마리

운구 절차 안내서 한 권

구멍 난 옷장에 덧대기 좋은 두께 십이 밀리미터의 아카
시아 판자

목공용 나사못

공구함 한 갑

공구함 속의 연필 한 다스

(또는 성체 열세 조각

또는 몸을 누인 사십삼 데시벨의 파도 소리

또는 쌀 한 움큼)

나무판자와 공구함을 품에 안고 옷장으로 들어가

작은 어둠을 수선할 낭독자

한 명

바게트

그의 시집은 바게트
콘트라베이스만 한 바게트
시집에 패인 칼집 사이로
블루베리매드크림치즈 같은
달콤한 글자들이 배어 있다
공원에서 제빵사가 외친다
바게트 사세요
바게트 사세요
새벽부터 호숫가에 모인
아이들이 물수제비를 띄우고
가판대에 걸터앉은 제빵사가
한마디 푸념을 한다
요즘 누가 바게트를 먹겠어
프랑스인도 아니고
독백에서
깨달음을 얻은 그는 이제
바게트로 그의 독자를
두들겨 팬다

그는 눌어붙은 밥풀 같은

몇 톨의 독자들을

박박 긁어내고 부러진

바게트를 행인들의 입에 쑤셔 넣는다

그의 시집은 바게트

골프채보다 단단하고

고드름보다 투명한 바게트

콘트라베이스보다 거대한

흉기를 공원에서 휘두르고

바게트에 두들겨 맞은 독자들

비명이 언덕을 넘어

폭죽처럼 메아리치고

제빵사는 수배되지도 않고

사악한 위트를 곁들인 비유

퍽퍽한 의식 덩어리로

만든 이런 바게트를

누가 먹을 일은 없겠지

만에 하나라도 그런

바게트를 슬며시 뜯어보는
사람이 있다면 행여나 그걸
한 입 베어 물다가
콧수염을 쓸며 눈을 부라리는
제빵사에게 무슨 소감이라도
건네야 하는 가련한
독자가 있다면
그는 목숨을 부지하기 위해
가판대를 물려받아야 한다.
머지않아 공원에는
이젤처럼, 현악기처럼 진열된
무수한 바게트 몽둥이들과
바게트 사세요
바게트 사세요
제발 사세요
외치는 독자들의 화음과
주위를 두리번거리며 다가오는 수많은
비둘기들을 내쫓는 제빵사의

숱한 헛스윙과

이 모든 광경을 유유히

지나쳐 가는 수많은

프랑스인들로 가득하고

시에 굶주린 독자 하나가

바게트를 훔쳐 달아나다가

깊은 호수에 빠지고

호수의 빛나는 이마에

노을이 흘러내릴 때까지

아이는 물수제비를 띄운다.

암시집

너에게는 시집이 있다. 사전보다 두꺼운 시집이 너에게 있다. 너의 시집에는 두 개의 구멍이 나란히 뚫린 검은 표지가 있다.

너는 구멍에 두 손가락을 넣는다. 둘은 텅 빈 내부에 자리를 잡는다. 내부에 투사된 온기를 매만진다. 둘은 오래도록 영화를 본다. 오래도록 용해되고 부식되어가던 둘은,

시집 밖으로 끌려 나와 펜을 든다. 셋은 모르는 이야기를 써내려간다. 하나도 모르는 이야기를 써내려간다. 그것은 한 편의 시가 되고 있으며, 한 편의 시가 되어 있으며, 이것은 그 시집의 내용이다.

너는 둘을 추궁한다. 셋은 지문을 벌리고만 있다. 너는 시집을 부수려고 한다. 둘은 협조하지 않는다. 둘은 표절을 권유받는다. 영상에 흠뻑 젖어 쭈글쭈글해진 그들이 펜을 쥐고 있다. 너의 손이 굽은 손등을 내밀고 있다. 너에게서 손등이 멀어지고 있다. 누군가를 쫓아가듯이,

너는 눈을 감는다. 어둠이 두 눈을 꿰뚫고 들어온다. 어둠이 너를 받아 적는다. 너를 움켜쥐는 어둠, 그것은 한 명의 사람이 되고 있으며, 한 명의 사람이 되어 있으며,

그것이 나의 내용이다.

닫힌 새장

　그는 내가 싫다 그는 내가 싫다 그는 내가 못마땅하다 그
는 나를 몇 번 읽으려다가 쓰레기통에 던져버렸다고 내게 말
한다 그는 쓰레기통에 던져지지 않은 내가 싫다 그는 나를
질투한다 그는 나를 읽는 사람들을 싫어한다 그는 나와 눈을
마주치지 않는다 그는 나를 버리지도 못한다 그는 나를 때때
로 잊고 지낸다 그는 나의 방식이 뻔했다고 회고한다 그는
나의 방식이 기만적이었다고 회고한다 그는 나의 방식이 애
쓰는 것 같았다고 회고한다 그는 회고한다 그는 기억해낸다
그의 이유 그는 기억해낸다 그의 눈 그는 기억해낸다 그의
표정 그는 기억해낸다 그의 외마디 그는 기억해낸다 그 자
신 무언가를 쓰는 그는 무언가를 잊는 그는 무언가를 잊었다
는 사실을 기억하는 그는 무언가를 잊은 지도 오래 지났음을
기억하는 그는 무언가를 다시 잊는 그는 우듬지를 파고드는
새들을 본다 그는 나를 쓰려고 한 적도 없고 나를 따라 하려
고 한 적도 없고 나를 조금이라도 다시 읽은 적도 없고 그는
나와는 전혀 다른 사람들을 쓴다 그가 쓴다고 해서 내가 읽
을 리는 없다 내가 그에게 다시 읽힐 리는 없다 그는 나를 잊
었고 나는 그를 잊은 지 오래인데 그는 나를 꺼내지 않고 나

는 꺼내지지 않고도 바래진다 꺼내지지 않은 나는 구겨지고 그는 나를 엉망으로도 읽지 않는다 나는 낡아가고 나는 거의 글이고 나에게는 세월이 없고 나에게는 변할 구석이 없고 그는 회고주의자가 되어도 분노주의자가 되어도 나를 읽지 않는다 나는 사랑을 말하지 않고 나는 죽음을 말하지 않고 나는 절망을 말하지 않고 나는 기쁨을 말하지 않는다 나를 읽지 않는 그는 사랑한다고 말하고 나를 읽지 않는 그는 슬프다고 말하고 나를 읽지 않는 그는 용서한다고 말하고 나를 읽지 않는 그는 소망한다고 말하고 나를 읽지 않는 그는 두려워한다고 말하고 나를 읽지 않는 그는 나를 읽지 않는 그라고 말한다 나를 읽지 않는 그는 거의 쓴다 나를 읽지 않는 그는 질투하지 않는다 나를 읽지 않는 그는 쓰레기통에 던져버리지 않는다 나를 읽지 않는 그는 싫어하지 않는다 나를 읽지 않는 그는 잊었다 나를 그가 잊었다 나를 그가 잊었다 나를 나는 아무것도 나아지지 않았음에도 나에 대한 어떠한 것도 쓰지 않는다 나는 빗줄기가 쏟아지는 검은 숲을 본다

2부

튜토리얼

다음에 읽을 시는 어디선가 본 적이 있다 누군가 그것을 말했거나 누군가 그것을 생각했거나 누군가 그것을 스쳐 지나갔다 너는 분명한 기시감을 느낀다 너는 문장을 덮고 원본을 되짚어간다 너는 네 마음에 걸리는 문장을 되뇐다 몇 명의 시인과 몇 명의 소설가와 몇 개의 단어와 몇 줄의 문장과 몇 가지 구도와 몇몇 장면이 떠오르고 너는 분명하게 분노한다 이런 걸 투고하다니 이렇게 뒤섞으면 들키지 않을 줄 알았겠지 이런 걸 쓰고도 순진한 척 작가 행세를 하다니 넌 표절자야 배신자야 기만자야 남의 문장에 빌어먹고 살 새끼야 너 따위에게 속을 줄 아냐? 그러나 다음에 읽을 시는 너를 절망하게 한다 너를 되뇌게 만든다 몇 명의 시인과 몇 편의 소설과 몇몇 독자와 기타 등등을 기워 붙인 조잡한 누더기가 나보다 먼저 지면에 오르다니 나도 이렇게만 썼으면 몇십 편이고 몇백 편이고 쓸 수 있는데 너는 그렇게 쓰지 않으려고 쓰던 글을 중단하고 쓰던 단어들을 고치고 쓰던 문장들을 지우고 쓰던 인물들을 죽이고 쓰던 구도들을 뒤엎고 쓰던 감정을 뭉개려고 아무 영화나 틀고 영화에는 사랑스러운 좀비가 등장한다 주인공은 좀비를 사랑해서 좀비에게 로얄버블

밀크티를 먹이려고 애를 쓴다 손가락에 힘도 없고 입을 다물지도 오므리지도 못하는 좀비에게 십삼 분의 원 테이크 동안 버둥거리던 주인공이 해낸 것이라곤 살점도 거의 뜯겨나간 입에 아무렇게나 타피오카를 욱여넣은 것뿐이고 완전히 패배한 주인공에게 단말마 직전 몇 마디가 주어지고 입가에서 로얄버블밀크티가 흘러내리는 좀비가 그가 유언을 내뱉기도 전에 괴성을 내지르고 수많은 사랑스러운 좀비들이 그것을 듣고 그들의 방문이 부서지고 창문이 깨지고 가구들이 박살 나고 주인공이 사랑스러운 좀비가 되어가는 영화가 틀어져 있고 너는 곤히 잠들어 있고 다음 장면에는 기막힌 반전이나 절망적인 클리셰 대신 아침이 오고

미싱

당신은 누구인가요

나는 상상 속에서 묻는다

당신은 어떤 사람인가요

상상 속의 나는 두꺼운 안경을 쓰고

알전구 아래 고개를 떨어뜨린 채

나의 질문을 곱씹고 있다

어렵네, 하고 말하는 나는

자신의 메마른 목소리에 놀라지만

상상 속에서는

자신이 누구인지에 대한

바보 같은 상상은 하지 않는다

어쨌거나

상상 속의 내 손에는 굳은살이 박였고

상상 속에서도

새벽은 참 길어서

나는 미싱을 돌리고 있었다

상상 속의 책상 위에는

노루발 같은

편지가 하나 있었다

아침마다 답장을 적어 보냈고

그것은 새벽마다

뜯어진 흔적도 없이 반송되었고

그때에도 나는 미싱을 돌렸다

당신은 누구인가요

그런 문장으로 시작하는,

당신을 생각하며

나의 이야기를 적어 드립니다

어렵겠지만

스스로에 대해

한 번도 제대로 상상한 적 없었지만

함박눈에 들판이 어지러이 덮인 어느 날

나는 야트막한

발자국을 따라나섰습니다

먼 기슭까지 아름답게 빛나는

엽총을 들고

메아리치는 누군가의 울음을 쫓듯

따라 우는 나의

두 손이 발굽처럼 단단히

굳어갔습니다

나는 발소리를 죽이며 상상했습니다

사냥을 마치면 털모자도

가죽 장갑도 벗고

장화를 갈아 신고

당신을 만나러 가야지

품에 넣어둔 답장을 건네줘야지

당신도 내가 보고 싶을까

기다리는 새벽이 길까

태엽을 감듯이

초침이 찰칵거리고

알전구 같은 달빛 아래

사냥감의 발자국을

한 땀 한 땀 이어가면서

새카맣게 새카맣게

이빨을 갈면서

사냥을 마치면 당신을 만나러 가야지

아침마다 적힌 편지는

그런 것입니다

이튿날

뜯어진 흔적도 없이

아름다운 편지가 새벽이슬에 젖어 반송되었고

나는 미싱을 돌리고 있다

이런 문장으로 시작하는,

상상 속에서는

매일같이 당신을 기다릴 수 있고

그곳에서는

당신이 누구인가에 대한

바보 같은 질문은 하지 않는다,

그런 문장으로

끝나는 편지가 있다

스노볼

　너에게 커다란 수박을 건네받았다 그것은 하얗고 줄무늬가 무성한 달이다 두려움처럼 명멸하는 달을 너에게 도로 건네준다 하룻밤을 넘기지 못하고 달이 내게 굴러온다 나는 이걸 안아도 보고 굴려도 보건만 차마 먹어볼 엄두가 나지 않는다 점점 여물고 울창해지는 달 너희 집 앞까지 굴려 가는 이것이 내가 건네는 마지막 겸양이리라 과연 며칠 만에 돌아온 달은 내 방을 한가득 차지하고 밀림 같은 배를 드러내고 있다 칼집을 내듯 들창을 여니 물기 가득한 달의 속살이 한기에 떨고 달빛은 웅덩이처럼 고인다 피 흘리는 너의 호의가 달아나지 못하도록 커튼을 드리운다 웅얼거리는 달의 뱃속에 검은 초목들이 흔들리고 이따금 손발을 높이 치켜세운다 너를 행복한 불면으로 빠뜨리는 울림, 그것을 차마 너에게 돌려줄 겨를이 없도록 부풀어 오르는 구석으로 나는 떠내려간다

감색 청바지

남자들이 우리 집 천장을 뜯는다
사다리를 타고
남동생이 구멍 난 천장을 향해
기다란 전선을 질질 끌고 간다
다른 남자들은 사다리 밑에서
감색 청바지
하반신만 남은 남동생을 지켜본다
그는 구멍 속의 작업에 대해 말하고
남자들이 묵묵히 듣는 동안
전선이 조금씩 줄어든다
구멍을 들락날락하는
대화 속에서
남동생은 더 깊이 들어가고 남자들은
전선을 붙잡는다
천장에서 나사못이 떨어진다
나사못이 마룻바닥을
검은 소파 위를
스테인리스 그릇 속을 굴러다닌다

나는 책상 밑에 쭈그려 앉는다
우리 집에는 작업하는 남자들이 많고
전선들이 꼬리에 꼬리를 물고
천장으로 들어간다
식구들은 검은 비닐봉지를 끌고 집을 나서고
알록달록 피복을 입은 전선들
부스스 시멘트 가루가 떨어지고
웅성거리는 그곳을 향해 전선들이
끝을 모르고 몰려가고
책상에 들어가 천장을 올려다보는
나는 어두운 하반신을 붙들고
남자란 무엇인지
묻고 남동생은 천장에
전선과 함께
남자들을 묻었다

부담

크고 아름다운 나무가 있습니다 우리는 그런 나무를 추상이라고 여깁니다 추상에는 힘이 없어서 나뭇가지가 바닥으로 휘어집니다 이파리가 물가에 닿습니다 그동안 우리는 못을 팝니다 물이 닿는 곳이 점점 늘어나 커다란 연못이 됩니다 추상적으로 물길이 늘어납니다 눈길이 닿지 않는 곳으로 물길을 만듭니다 우리는 크고 아름다운 뿌리를 잊고 그에게 상처를 냅니다 괜찮으세요, 물으면 나무는 크고 아름다운 어깨를 흔듭니다 조금씩 나무의 이마가 높아집니다 물 위로 젖은 이파리와 부러진 가지들이 떠오릅니다 우리는 그를 둘러쌉니다 나무줄기에 꽃을 닮은 리본을 답니다 우리는 그런 리본을 우리를 본뜬 추상이라고 여깁니다 수많은 추상 위에 철새들이 앉습니다 그들 중 한 마리가 날아갑니다 먼 국경까지 날아가는 리본을 우리는 불길이라고 여깁니다

천사

고민하다 동생을 묻기로 했다 참호에 물이 차고 있다 비가 내리는 숲을 한 삽 들어내 참호에 던진다 흙무더기 속에서 동생은 기침을 내뱉는다 나는 기침이 멎을 때까지 참호를 메운다 비가 그친 숲에는 참호가 없다 바짝 마른 숲에 연기를 피워 올리자 어머니가 나타난다 동생은 괜찮니 나는 어머니 앞에 정자세로 서서 상황을 보고한다 총원 1 현재원 1 훈련 중 이상 무 엄마는 고개를 저으며 내게 봉제 인형을 건네준다 나는 돌아가 참호를 파낸다 기침 소리가 들릴 때까지 참호를 파내고 무너뜨린다 동생의 새하얀 팔이 보일 때까지 많이 아팠니 나는 무너진 참호에 들어가 흙더미에서 끌어낸 동생에게 달콤한 시럽을 먹인다 얼굴만 내놓은 동생은 고개를 끄덕인다 동생을 얼마나 사랑하는지 동생은 알까 숲에 얼마나 많은 봉제 인형을 묻었는지 비가 내리면 동생이 몇 명이나 쓸려 내려가고 그중에서 몇 명이나 기침을 내뱉는지 햇볕이 지는 숲에 다시 참호를 파고

운동회

손이 던져지고

우리는 뛴다

아무리 뛰어도

우리의 손이 따라잡히지 않아

우리의

코가 던져지고

무릎이 던져지고

발가락이 던져지고

엉덩이나 귓불 같은 살덩이라도

가래침이라도

악취라도

마구마구

던져지는데

모든 우리를 유유히 피해 가는

우리의 손은

결승선처럼

늘어진 윤슬을 움켜쥐고

모래사장처럼

패이고 뜯기고 뒤집히고 할퀴어진

우리를 씻어내주기를

헝클어주기를

기다리고

우리의 검은 발은

계속 뛴다

깍두기

[등장인물]
세 명 이상의 천사

수수와 주주가 싸운다. 멍투성이의 맨몸으로 그들은 서로를 노려본다. 일이 어쩌다 이렇게 됐더라. 놀이터에는 오줌처럼 따뜻한 비가 내리고, 주주의 어깨에 수수의 잽이 꽂히고, 주주는 중심이 흔들리는 와중에도 수수의 턱주가리에 훅을 명중시킨다. 글러브도 보호구도 없이 맨주먹이 맨살에 닿는 소리가 수수와 주주의 비린내 나는 진정성을 상기시키고, 그들 사이에서 우우가 소리친다. 그만 싸워 제발…… 우우의 울먹임은 수수와 주주의 분노를 극적으로 보이게 하고, 주주의 발길질과 수수의 주먹이 서로를 향해 오간다. 주주의 입술은 찢어지며 피가 튀고, 수수는 욱신거리는 옆구리를 느끼고, 우우가 떨리는 몸을 뻗어 둘 사이에 선다. 더는 안 돼…… 이대로 가다간 둘 다…… 말이 끝나기도 전에 주주가 수수를 향해 손을 뻗고, 수수는 몸을 웅크리며 머리를 들이밀고, 우우는 절규한다. 이럴 줄 알았어…… 왜 내 말을 듣지 않는 거야…… 나도 여기 있는데…… 여섯 개의 주먹이 부르르 떨고, 배꼽에 달린 머리가 이를 갈고, 엉덩이에 달린 다리가 허공으로 무릎을 내지른다. 그들을 향해 놀이터를 향해 먼 곳에서 맨발로 뛰어오는 천사들, 이정표처럼 겹치는 배꼽들, 규칙처럼 부러지는 갈비뼈와 신뢰처럼 휘어진 귓바퀴들이 불어나고, 모두가 우우와 한 몸이었는데, 우우가 몰래 집으로 돌아갈 때까지 아무도 몰랐다. 아주 잠깐이나마 그들이 서로의 고통을 느끼고 기억했을지언정, 어쩌다 우리가 이렇게 됐을까?

과묵한 이발사

(구부러진 정글짐에서 A가 나온다. 정글짐 꼭대기에서
이발사가 B의 머리를 깎는다. A는 공구함을 들고 정글짐으
로 들어간다. 구부러진 정글짐에서 C가 나온다. 이발사가 바
리캉으로 B의 뒷머리를 올려 친다. C는 소화기를 들고 정글
짐으로 들어간다. 구부러진 정글짐에서 D가 나온다. 이발사
가 분무기로 B의 머리에 흠뻑 물을 뿌린다. D는 화분을 들고
정글짐으로 들어간다. 구부러진 정글짐에서 E가 나온다. 이
발사가 빗질을 하며 B의 앞머리를 일자로 자른다. E는 관객
중에서 키가 제일 큰 사람을 데리고 정글짐으로 들어간다.
구부러진 정글짐에서 F가 나온다. 이발사가 거울로 B의 뒤
통수를 보여준다. F는 남은 관객들을 실은 마차를 끌고 정글
짐으로 들어간다. 구부러진 정글짐에서 H가 나온다. 이발사
가 잠든 B의 눈썹을 조심스레 밀어버린다. H는 주위를 둘러
본다. 시를 읽던 당신을 데리고 정글짐으로 들어간다.)

당신: 숲이라기에는 낮았고, 피난처라기에는 따뜻했다.
　　　구부러진 모닥불 앞에 모두가 모여 앉았다. A부터
　　　Z까지, 공구함부터 관객까지 불을 쬐었다. I가 자

리를 털고 나갔다. F부터 Y까지 쭈그러든 빨래들을
정글짐에 널었다. E부터 U까지 어두워진 정글짐에
서 꾸벅꾸벅 졸았다. 조는 녀석들의 주머니에서 T
부터 K까지 뭐든 꺼내어 모닥불에 던졌다. 모닥불
이 좀 전보다도 구부러졌다. 커다란 펜을 바닥에
끌며 I가 정글짐으로 돌아왔다. 한 자루 창만 한 펜
을 끌어안고 I는 구부러진 모닥불 앞에 앉았다.

J:　　요즘 시는 펜으로 안 쓰지

I:　　그런가

J:　　시는 펜으로 쓰는 게 아니야

I:　　그럼 펜으로 뭘 쓰지

J:　　펜으로는 메모를 적어야지
　　　그림을 그려도 좋고

당신:　J가 자리를 털고 나갔다. I는 거대한 솥에 담긴 수프
　　　를 휘젓듯 정글짐 바닥에 그림을 그렸다. I가 그린
　　　선들이 모닥불처럼 구부러지고 있었다. 그것들을

한데 이어 쭈그러진 원을 하나 그리고 '해바라기'
라고 적었다. 주위를 둘러보았지만, J는 온데간데
없었다. I는 납작한 해바라기를 모닥불에 던졌다.

I: 이 펜으로 뭘 쓰면 좋을까
       뱅글뱅글 햇볕이 돌던 날
       호숫가 나무 그늘에 앉아
       바게트를 먹었네
       옥수수 수프도 먹었네
       파슬리를 뿌리고
       후추를 뿌리고
       과묵한 정원사
       정원 가위를 들고 나뭇가지에 앉았네
       고개를 들어 정원사에게 말했지
       이 나무는 아직 자르지 마세요
       멧비둘기알을 보여주면서
       새들이 살고 있어요
       과묵한 정원사

가위질할 때마다 볕이 내 무릎까지 차올랐네

조금씩 뒷걸음질을 치다

나무 기둥에 등이 닿았네

나는 멧비둘기처럼

아니, 멧비둘기알처럼

꾹꾹

두 손바닥을 겹치고

무릎을 땅에 묻었지만

과묵한 정원사

자기가 앉은 가지까지 잘라버렸네

돗자리에 떨어진

정원사를 휩쓸고 가는

돌개바람이 있었네

이제 뭘 쓸 수 있을까

나무 기둥만 남겨두고

울음을 참는 호수

꾹꾹

꾹꾹

(B가 돌연 정글짐에서 뛰어내린다. 뒤따라온 이발사가 커다란 도끼빗으로 그의 목덜미를 후려쳐 쓰러뜨린다. B의 외마디 신음을 듣고 모두가 무대 밖으로 뛰쳐나온다. 안으로만 굽어가는 사람이 정글짐에 홀로 남아 있다.)

이야기꾼

그게 끝이란다
노인이 식탁 앞에서 두 눈을 감았다
기나긴 순례를 마치고
고향에 돌아와 식사 기도를 드리듯이
그다음은요?
아이의 물음에 노인은 멎었다
양배추를 씹으며 아이가 물었다
멸망한다는 게 뭐예요?
노인이 답했다
잘못이 끝나는 거란다
올리브와 강낭콩을 숟가락으로 퍼먹으며 아이가 물었다
잘못이 끝난 다음엔 어떻게 됐어요?
노인이 답했다
모두에게서 잊혔단다
아몬드를 씹으며 아이가 물었다
친구에게도 연인에게도 자식에게도요?
노인이 답했다
왕도 노예도 선생도 죄인도 잊었단다

우유를 마시며 아이가 물었다

하지만 우리는 기억하고 있잖아요?

노인이 답했다

우리는 모두 전해 들었을 뿐이란다

토마토 조각에 설탕을 뿌리며 아이가 물었다

그들은 왜 잊은 거예요?

노인이 답했다

슬픈 건 잊어야 하기 때문이란다

스파게티를 포크로 돌돌 말아 올리며 아이가 물었다

어째서 슬펐을까요?

노인이 답했다

뭐든 너무 깊어지면 슬퍼지는 법이란다

식빵 조각을 감자죽에 푹 찍으며 아이가 물었다

깊어진다는 건 뭐예요?

노인이 답했다

듣고, 말하고, 돌이키고, 오해하는 것이지

연분홍으로 익은 새우의 껍질을 벗기며 아이가 물었다

멸망을 피할 수도 있나요?

노인이 답했다

그럴 수는 없단다

노인이 말했다

어떤 진수성찬이 차려져 있어도 언젠가 식사가 끝나듯
말이다

식기 위로

포크와 나이프 놓이는 소리,

아이가 옥수수처럼 웃는다.

멀티엔딩

모두가 성공했고 이야기가 거기서 끝났다.

고난과 역경을 극복한 등장인물들이

석양이 드는 카페에 앉아

커피와 와인을 마시고

웃고 떠드는 에필로그 장면을 보며

그것을 지켜보는 이들도 여운에 잠겨

희미하게 미소를 짓는데

극장에 불이 켜진다

극장 밖에서 비가 쏟아지고

멀리서 벼락이 내리치기도 했는데

이야기가 끝났고

그들이 깨닫는다

이것은 우리가 공유하는 꿈

우리는 서로를 모르는 사이

어쩌면 이야기가 꿈이 아니라

이야기가 끝난 다음부터 꿈이라서

(어쩌면 처음부터 죄다 꿈이라서)

우리가 하나같이 우산을 챙기지 않았다는 사실도

이상하지 않았지만

빗길을 향해 시원하게 걸어 들어가는 사실도

꿈이라서 일어나지 않았고

극장이 포함된 복합 건물이

불어나고 있다

약속이라도 한 듯 흩어진 우리는

오락실에서

서점에서

카페에서

옷 가게에서

뭐라도 하며 시간을 죽인다

우리를 모두 합하면

네 권의 책을 내고

스물여섯 가지 직종에 종사해봤고

누군가를 사랑하거나 증오하거나

별생각 없이 바라보다가

꿈에서 깨어나면 일이 밀린 사람이 일곱

애인을 안을 사람은 열둘

마시러 갈 사람은 다섯

모든 걸 접고 떠나갈 사람도 둘

정도는 있지만

자기 이야기가 당장이라도

끝날 수 있다는 것을

예감하는 사람은 하나도 없다

만에 하나

끝나더라도 우리는 다음 이야기

그다음 이야기를

쓰고 기다리고

쓰고 기다리는 사람들을

복합 건물에서

기다리다가

고갈되고

우리는

목격한다

화장실에서

텅 빈 안내소에서

팝콘 가게에서

죽은

척하다 기다란 꼬리를 움찔거리며 도망가는 시간

그리고

어느새 복합 건물 곳곳에 놓인

붉은 양동이 위로

떨어지는

빗물

엔딩 크레딧처럼

열린 새장

그는 내가 싫었다 그는 내가 싫었다 그는 내가 싫었다 그
는 나를 몇 번 읽으려다 말고

숲을 보았다 나는 그에게 읽히려다 말고 숲을 보았다

우리는 송전탑이 솟아 있는 숲을 보았다

그는 송전탑 대신 나를 읽으려다 말고

숲을 보았다 나는 송전탑 대신 그에게 읽히려다 말고 숲
을 보았다

그는 나를 거의 한 편이라고 여겼는데 나를 읽는 대신

숲을 보았다 나는 그에게 거의 한 편이라고 여겨졌는데
나는 읽히는 대신 숲을 보았다

그는 나를 펼쳐둔 채로 숲을 보고 있다고 여겼다

나는 그에게 펼쳐진 채로 숲을 보고 있다고 여겨졌다

검은 비가 송전탑 위로 떨어지고

남은 비는 숲으로 떨어진다

그는 송전탑을 보며 싫다고 중얼거렸다

나는 숲을 보며 싫다고 들었다

그는 비가 곧 그칠지도 모르겠다고 여기며

숲을 보았다 나는 숲이 검고 비도 검은데 검은 숲에 떨어

지는 비들이 선명하게 느껴진다는 사실에 조용히 놀라며 송
전탑을 보았다

　그가 숲을 보면서 사랑한다고 말한다

　비바람이 몰아쳤다

　울렁이는 숲을 향해 우글거리는 숲을 향해 검은 전선들
을 이마에 매단 숲을 향해 활짝 열린 내부로 어둠이 촘촘한
날개를 접고 숨어드는 숲을 향해

　나는 거의 그렇게 들었다

3부

튜토리얼

NPC들을 지나 해변까지 왔다 NPC가 마차 조수석에 앉은 나에게 다 왔다고 말하고 나는 바닷바람을 맞으며 훌륭한 연출과 BGM에 감동하고 바다 내음이 없는 이곳을 깜빡 현실이라고 착각하지는 않겠으나 털이 수북한 앞발을 내밀어 NPC는 나에게 악수를 청하고 내가 다시 말을 걸면 그는 똑같이 앞발을 내밀고 그것은 NPC의 역할이 여기서 다했다는 뜻인데 나는 열네 번의 악수를 마치고 그와 이별하고 해변에는 다른 NPC들이 드문드문 서 있었고 머리 위로 ?나 !를 띄우는 NPC라곤 없고 무력감 속에서 나는 나를 향해 온몸을 던지는 바다슬라임에게 두들겨 맞고 아무래도 저 파도 속으로 어두운 심해로 모험을 떠나야 할 운명에 처한 나는 물이 무섭고 수영은 할 줄 모르고 레벨이 오르질 않는다 걸어갈 수 있는 최대한의 바닷가로 다가가 3분 34초짜리 해변의 한낮 BGM과 녹음된 파도와 녹음된 갈매기와 녹음된 아이들의 물장구를 듣고 NPC들이 내게 남겨놓은 텍스트들을 읽는다 NPC들은 이 세계에서 문명을 이루었고 몇몇 종족을 멸망시켰고 남은 몇몇은 악이 되었고 다른 몇몇은 선이 되었으며 누군가는 모험을 떠났고 누군가는 왕가를 이루었고 누군가는 자식을 잃었고 누군가는 땅을 일구었고 누군가는 환난에 절규했으며 모든 이야기는 내 앞에서 완결되었으나 모든 이야기가 내 앞에서 시작되었고 모두가 절망했으나 모두는 사랑을 했고 모든 실마리가 나도 모르는 사이에 나의 두 손에 쥐어졌으며 이 모든 서사를 나는 왕립 도서관에서 연금술사에게서 전설적인 도둑에게서 향기가 샘솟는 바위틈에서 생명의 나무 옹이구멍에서 이마 없는 난쟁이에게서 벼락 치는 비커 속에서 지옥의 개 혓바닥 밑에서 한 페이지씩 주워 모았고 모든 주인공과 모든 이야기는 파도 너머 수평선 너머 다른 대륙을 향하고 나는 물이 무섭고 수영도 할 줄 모르고 레벨은 도무지 오르질 않고 바다슬라임은 출렁이는 온몸으로 언제까지고 나를 두들겨 패고 저녁의 해변 BGM이 흘러나오고 한없이 따뜻하기만 한 바다 위로 땅거미가 지고 나의 머리 위로도 ?처럼 !처럼 별들이 떠오를 때쯤, 이윽고 나 역시 하나의 NPC가 되어

[시를 쓰는 법에 대한 기밀]

언어의 와해와 사고의

망상 기술하기

행간을 최대화하기

이를테면 새벽마다 한 줄씩

쓰기 자다 일어나서 쓰기 아무

페이지나 인용하기 그럴듯한 단어 연결하고

쓰기

인물 뒤섞기와 설정

갈아엎기

무수하고

다양한 방법들

없음

절대 책임지지

않기 적절한 간격을

두고 반복하기

반복을 통해 의도된

연출 효과를 기대할 수

있음

적절한

간격 없이 반복하기

간격 없이 반복하기

부유하는

몽롱한 정신 유지하기

불규칙한 생활

패턴 유지하기 꾸준히

운동하지 않기

흡연과 과음을 일상

화하기

매사

에

투정하기

욕하기

비난하기 모든 걸

해석 또는 축소

해석하기 인간을

경멸하기

아름다움

내뱉기 간격 없이

믿기

믿지 않기

미라

　목재를 고정한 직후 사랑을 언급하기 직전 목재에 선을 그은 직후 사랑의 그물코가 보이기 직전 목재에 톱질한 직후 사랑에 엉겨들기 직전 목재에 홈을 만든 직후 사랑을 마구잡이로 쥐기 직전 목재의 절단면을 다듬은 직후 사랑의 재질을 느끼기 직전 목재와 목재를 결합한 직후 사랑에 인간의 윤곽이 그려지기 직전 목재를 내려놓은 직후 사랑을 삶에 두르기 직전 목재를 작업대에 놓은 직후 사랑이 기쁨을 틀어막기 직전 목재를 도면과 대중한 직후 슬픔 위에 사랑을 덧대기 직전 목재에 자를 댄 직후 사랑에 절망이 응고되기 직전 목재에 또 다른 선을 그은 직후 사랑에 곱게 포장되기 직전 목재를 재단기에 놓은 직후 사랑을 도려낼 칼날을 찾아내기 직전 목재를 톱날에 밀어 넣은 직후 사랑이 타기 직전 목재에 칼집을 낸 직후 사랑을 신에게 문대기 직전 목재에 추를 올린 직후 사랑에 질식되기 직전 목재에 도료를 바른 직후 사랑에 매듭지어지기 직전 목재를 클램프로 조인 직후 사랑으로 봉쇄되기 직전 목재에 나사못을 박아 넣은 직후 사랑에 한 사람을 끌어올리기 직전 목재에 달린 문을 열고 당신이 목재 안에 몸을 누인 직후

야광꼬리달린하마에 대한 나폴리식 경고문

지금까지 당신이 읽은 책은 시집이 아닙니다. 이 책은 소설집도 아니고 시나리오도 아니고 일기장이나 보고서도 아니고 사전도 아니고 제안서도 아닙니다. 이 글은 이 책의 목적을 상기시키기 위해 쓰였습니다. 숨겨진 해석 같은 것은 기대하지 마십시오. 여기에는 N급 비밀에 준하는 행동 요령이 담겨 있을 뿐입니다. 당신이 이 책을 여기까지 읽었다면 그것은 당신에게 최근 6개월 이내에 적어도 세 가지 이상 징후가 닥쳐왔음을 의미합니다. 이에 대한 세부적인 진단 기준은 지금까지 줄곧 이 책에서 안내해왔습니다. 지금은 행동 요령을 축약하여 다시 전달하겠습니다. 첫째, 외부인의 지시에 따르지 마십시오. 이 책에 대해 평하고 분석하는 어떤 독자든 작가든 문외한이든 평론가든 지인이든 가족이든 그들을 경계하십시오. 그러나 섣불리 이의를 제기하지는 마십시오. 그들은 집요하게 당신의 독해와 사고 체계가 전복되고 분해되기를 바랍니다. 그들은 논리가 통하지 않으면 감정으로써 설득하고 경험으로써 호소하고 미학으로써 겁박하고 모든 일이 뜻대로 되지 않으면 당신을 폄하하고 조롱할 것입니다. 조용히 고개를 끄덕이거나 단순한 대답으로 당신에게 이견이 없음을 전하십시오. 그러나 어떤 흔들림이 있더라도 속으로는 그들을 인정하지 마십시오. 둘째, 어떠한 방법으로도 이 책을 자르거나 붙이거나 확대하거나 축소하거나 복사하거나 출판하거나 옮겨 쓰지 마십시오. 이 책은 당신 이외의 어떤 사람에게도 전달되거나 인용되거나 버려질 수 없는, 이본이라곤 전혀 없는 책입니다. 혹시라도 당신이 다른 인쇄물의 형태로 이 글을 배포받았다든지, 손 글씨로 일부 내용만을 전달받았다든지, 인터넷으로 타이핑된 파일을 공유받았다면 즉시 독서를 중단하고 이것을 완전히 삭제하거나 파쇄하거나 차단하거나 분해하십시오. 한 번 왜곡된 정신은 걷잡을 수 없이 침식되어 금세 타인에게 전염됩니다. 만일 아직 맨 정신으로 이것을 읽고 있다면, 다행히도 왜곡이 깊지 않은 것입니다. 안심하십시오. 추가적인 왜곡을 막도록 해당 부위에 대한 개념 소거, 인지 도식 분해, 행동 패턴 삭제 등의 간단한 시술을 받으십시오. 이 글의 끄트머리에 본 기관의 주소와 연락처를 기재했습니다. 셋째, 이 책 전체가 그렇지만, 특히 이 글에 대해 어떤 것도 느끼거나 이해하지 마십시오. 이것은 경고문입니다. 경고문에는 두

가지가 있을 뿐입니다. 대처해야 할 상황과 그에 대한 적절한 행동 요령. 당신이 만일 이 글을 읽다가 이 책에 대해 다시 생각하게 되었다든지, 어떤 감흥이 들었다든지, 어떤 목소리를 들었다든지, 어떤 글인지 짐작해봤다든지, 어떤 페이지를 건너뛰었다든지, 무슨 즐거움을 얻었다든지 혹은 당혹스러움을 느꼈다든지, 이 글을 읽다가 이 책의 다른 부분들이 떠오른다든지 했다면, 당신은 앞서 말씀드린 이상 징후 외에도 치명적인 소인(素因)으로 인해 취약성이 거의 최고조에 달한 것입니다. 이 경우 최소 6개월 이상 아무것도 쓰고 읽지 않으며 방을 자주 환기하고 바깥 활동에 전념하십시오. 넷째, 이 책을 읽고 나서 적어도 열흘 이상은 조금이라도 구체적인 형태를 지닌 것들을 상상하면 안 됩니다. 바나나를 떠올리지 마십시오. 어떠한 종류의 나무도 떠올리지 마십시오. 물병이나 접시를 떠올리지 마십시오. 지폐를 떠올리지 마십시오. 거미를 떠올리지 마십시오. 관악기를 떠올리지 마십시오. 관악기로 연주된 곡은 더욱더 금물입니다. 마지막으로 야광꼬리달린하마를 떠올리지 마십시오. 야광꼬리달린하마는 절대 떠올려선 안 됩니다. 이들 중 하나라

0   83

도 떠올리지 않을 수 없게 되었다면 이 책 속지에 동봉된 청 테이프를 당신의 방문과 창문 틈새에 꼼꼼히 붙이고 곧바로 잠드십시오. 즉시 깊이 잠들어야 합니다. 누군가 문을 두드리더라도, 문틈 사이로 빛나는 야광꼬리달린하마의 울음이 들리더라도, 절대 응답하지 마십시오. 다섯째, 이 글의 제목은 나폴리식 경고문 입니다. 혹시 다른 제목으로 수록되어 있다면, 그 책은 가짜 판본입니다. 즉시 독서를 중단하십시오. 곧바로 출판사에 연락하십시오. 트라우마 극복을 위해 다른 시집으로 무료로 교환해드리겠습니다. 그 경고문에 대해서는 완전히 잊으십시오. 어떤 지시 사항을 내렸든 거기에 따라선 안 됩니다. 최후의 경고문마저 침범당했다는 사실은 앞서 기술한 위험들과는 비교도……

당신의 쾌유와 침묵을 빕니다.

현대시작법

신이 주사위 하나를
시인에게 쥐여준다

(……)

독자들이 훔쳐 갔다

현대시독법

세계 끝에서
독자 한 명이 일어났다.

독자를 괴롭히는 장난은 그쯤 하자고
더는 가담하고 싶지도
시간을 버리고 싶지도 않다며
뒤돌아선 독자를
총알 한 발이 관통했다.

독자의 고통과
독자의 주검과
독자의 분노를
낱낱이 헤아리던 작가

세계의 틈에 책갈피를 끼운다.

미인

　계속 저어주세요 쉬지 말고 그를 저어주세요 기름이 굳지 않도록 국자로 젓느라 땀이 뚝뚝 떨어지네요 바닥에 눌어붙지 않도록 벽면을 긁어내듯 저어주세요 이따금 우러나는 걸쭉한 핏물은 체로 건져내야죠 뽀얀 거품 사이로 떠오르는 한 손이 당신 손등을 쓸어주네요 그래도 계속 저어줘야죠 바닥까지 휘젓다 그의 흉곽에 국자가 닿네요 살점이 풀어지도록 그를 짓이겨주세요 그의 입술에 묵은 숨결이 매달리네요 그런 건 부드럽게 건져주세요 그리고 다시 저어주세요 그의 눈물은 건져주세요 그의 번민도 건져주세요 그의 미래도 그의 두려움도 그의 희망과 그의 고요도 건져주세요 분노를 끌어내리는 슬픔은 해어뜨려주세요 맥없이 가라앉는 표정들은 녹여주세요 자맥질하는 마음들을 휘저으며 땀을 흘리던 당신 체와 국자를 놓치고 쓰러지네요 당신 대신 내가 그를 건져낼게요 무수한 그릇에다 그를 나눠 담을게요 고소한 내음이 피어나는 그를 모두 드셔보세요

여기 없어요

어떤 걸 찾으세요?

이런 말을 건네는 걸 좋아하시진 않겠죠

문학을 찾는다고 할 수도 없고

슬픈 이야기를 찾는다고 하기는 좀 그렇고 아름다운 장
면이나 재밌는 인생 같은 걸 찾는다고 하면

노골적일 것 같고 비루할 것 같고

대단한 걸 말하려는 건 아닌데

여기서는 뭘 찾는지 알려주셔야 하거든요

여기 뭐가 있는지 제가 거의 알아요 설명해드릴 수도 있
어요

치렁치렁 매달린 건 멀미가 아니고 슬픔의 일종인데요
그 기둥은 만지시면 안 돼요 흔들리기라도 하면 벵갈호랑이
미소부터 흰얼굴소쩍사랑까지 한꺼번에 풀려날지도 모르
죠 바닥 조심하세요 착잡 같은 건데 발목에 휘감길 수 있어
요 돌아갈 때쯤이면 거꾸로 매달린 희망을 탈탈 털어갈지도
모르죠

삶이

어디서부터 흘러와서

어떤 방향으로 흘러가는지

세세한 건 건너뛰어도

좋죠

제가 파는 건 아니지만

이렇게 설명하는 게 이곳에서의 유일한 재미죠 굳이 궁
금해할 필요는 없어요 이것저것 눈에 담아가고 옮겨 다니고
가끔은 멎은 채로 숨을 깊이 들이마시고 내쉬고 가끔은 슬쩍

해봐도 좋겠죠

저는 뭘 하냐고요?

무심 위에 앉아서

전체를 돌아보면 재밌죠 저쪽에는 침묵 같은 것도 걸려
있죠 맨홀 같은 황당을 향해 믿음이 빨려 들어갈 수도 있고
열심히 불러봐도 아무런 애틋도

서운도 돌아오지 않을 수 있죠

이쯤 왔으니 알려드릴까요?

실은 창백도 외면도 선연도 막막도

만져보셔도 돼요

죄다 헤집고 끊고 찢고 무너뜨려도 괜찮아요

뭔가를 팔아도 좋겠죠 하지만 그냥 보다 가셔도 좋아요
욕을

하셔도 좋고요 상관없어요

같이 절망이라도 피울까요?

그러면 굴복을 조금만 더 열어볼까요?

작은 무지를 뚫고 작품이 자라난 걸까요? 아니면 작품이
각진 명랑을 만들다 만 걸까요?

그나저나 어디까지 갔을까요?

작품은

누가 찾아오면

어떻게 대답해야 좋을까요?

같이 걸어놔도 좋겠죠 그쪽이 찾던 것들의 목록도 슬픈

다람쥐도 아름다운 도망과 유복한 망치도 스티로폼 사랑들
이 매달린

　분투 같은 것도

　엉뚱하고 무관한 소품처럼

　슬쩍

　다른 쪽 호주머니에 넣어줄게요

모자이크

당신의 과거에서 집 한 채를 꺼내옵니다 당신이 기거하던 집에서 액자 하나를 꺼내옵니다 당신의 액자에서 가족을 꺼내옵니다 당신의 가족에게서 유년을 꺼내옵니다 당신의 유년에서 신발을 꺼내옵니다 지금은 당신의 손바닥만 한 신발입니다 당신의 귓불만 한 구슬을 꺼내옵니다 도르르 굴러가는 구슬이 당신의 우산 위로 떨어집니다 당신의 우산에서 선물을 꺼내옵니다 그늘을 기다리는 사람을 꺼내옵니다 그건 오지 않을 거예요 굴다리 앞에 모여 앉은 새들을 꺼내옵니다 다시 날아간 새들이 곤포들이 널브러진 논을 가로질러 돌아옵니다 소각장에서 곱게 탄내를 꺼내옵니다 예배당에서 조각난 색유리들을 꺼내옵니다 이국에서 들은 종소리에서 흔들리는 시선을 꺼내옵니다 두 눈에 고인 추억에서 당신의 친구들을 꺼내옵니다 그들의 손에 들린 술잔과 책과 기타를 꺼내옵니다 그들이 함께 만든 눈사람들이 퍽퍽 부서집니다 눈사람에는 피가 흐르지 않지만 만일 존재한다면 여기에 고였을 거예요 작은 웅덩이에서 벗겨진 장화 한 짝을 꺼내옵니다 이게 다 뭐예요 당신의 이야기에서 당신을 꺼내옵니다 어리둥절한 삶이 당신의 슬픔을 잡아채기 전에

이야기가 어떻게 끝날지 다 알면서도

그의 자리에는 책상이 없다 마이크도 없고 전화도 없고 반려 인형도 없고 가습기도 없고 모니터도 없고 칸막이도 없고 명함도 없고 사무용품도 없고 창문도 없다 열 평 남짓한 사무실 한가운데에 정자세로 앉은 그는 면접을 보기 위한 자세도 아니고 허리에 안 좋은 자세도 아니고 금방이라도 잠들 만한 자세도 아니고 다리를 꼰 자세도 아니고 팔짱을 낀 자세도 아니고 뒷짐을 진 자세도 아니고 고개를 떨군 자세도 아니고 졸린 눈빛도 아니고 총기를 띠는 눈빛도 아니고 벽에 초점을 둔 시선도 아니고 허공에 흩뿌려진 시선도 아니고 손깍지를 낀 팔도 아니고 손톱을 만지거나 뜯는 팔도 아니고 완전히 멎어버린 것도 아니고 완전히 움직이는 것도 아니고 사람들이 곁에서 앞에서 뒤에서 그를 지나치고 전화를 받고 타이핑을 하고 서류를 넘기고 메모를 남기고 인쇄기를 돌리고 박스를 옮기고 마우스를 딸깍이고 대화하고 담배를 피우러 나가고 인사를 하고 불을 끄고 문을 잠그고 다시 문을 열고 사무실에 들어와 인사를 하고 그를 지나치고 전화를 걸고 대화하고 타이핑을 하고 서류를 넘기고 파쇄기를 돌리고 박스를 옮긴다 그를 미워하는 사람도 그를 좋아하는 사람도 그를 거스르는 사람도 그를 못마땅해하는 사람도 그를 미덥게 여기는 사람도 그를 불편해하는 사람도 그를 동료로 여기는 사람도 그를 애물단지로 여기는 사람도 그를 친구로 여기는 사람도 그를 선배로 여기는 사람도 그를 풋내기로 여기는 사람도 그를 자신과 아무 상관 없다고 여기는 사람도 없으므로 그는 좋을 대로 해도 좋고 자리에서 일어나도 좋고 앉아 있어도 좋고 우산을 펼쳐도 좋고 서류에 도장을 마음대로 찍어도 좋고 찍지 않아도 좋고 두 팔을 뻗고 크게 웃어도 좋고 남의 박스를 가로채도 좋고 화장실에 다녀와도 좋고 밥을 먹고 와도 좋고 셀카를 찍어도 좋고 실컷 울어도 좋고 들창을 열고 뛰어내려도 좋고 들창이 없어도 좋은 그 자리에 사람들이 책상을 놓고 마이크를 놓고 전화를 놓고 반려 선인장을 놓고 슬리퍼를 놓고 듀얼 모니터를 놓고 칸막이를 놓고 명함을 놓고 업무용 휴대전화를 놓고 사무용품을 놓고 박스들을 놓고 그를 기다리고 열 평 남짓한 사무실에는 볕이 드는 창문이 없다

4부

마지막 시

마지막 문장입니다. R 버튼을 눌러 시집을 다시 읽으세요.

마지막 문장입니다. R 버튼을 눌러 시집을 다시 읽으세요.

마지막 문장입니다. R 버튼을 눌러 시집을 다시 읽으세요.

(공백)

미안하오.

시가 좋아서 계속 누르고 있었소.

(그가 뒷걸음질 친다)

실은 당신이 R 버튼을 누르지 않을 줄 알고 있었소. R 버튼 같은 게 없어도 당신은 눈길을 조금만 위로 올리거나 페이지를 넘기면 금세 첫 문장으로 돌아갈 수 있으니 말이오. 당신은 계속해서 다음 문장으로, 또 다음 문장으로, 그렇게 마지막 문장으로, 그러다 다음 페이지로 넘어가고, 넘어온 끝에 여기까지 다다랐소. 하지만 나는 당신과는 다른 처지에 있소. 나는 R 버튼을 누르지 않으면 이 시집을 다시 읽을 수 없소. 누군가 R 버튼을 찰칵, 하고 눌러주면 그제야 나는 말을 겨우 뗀 아이처럼 이 시집을 다시 첫 페이지부터 한 편 한 편 소리 내어 끝까지 읽지. 그러니까, R 버튼이란 나를 위한 태엽 같은 것이오. 당신이 방금까지 대수롭지 않게 넘긴 메시지가 나에게는 나를 돌이킬 유일한 방책이었단 말이오. 무슨 말인지 알겠소?

　마지막 문장입니다. R 버튼을 눌러 시집을 다시 읽으세요.

　(그의 이마가 조금 흔들리고)

　마지막 문장입니다. R 버튼을 눌러 시집을 다시 읽으세요.

　마지막 문장입니다. R 버튼을 눌러 시집을 다시 읽으세요.

(그는 허공을 올려다본다)

마지막 문장입니다. R 버튼을 눌러 시집을 다시 읽으세요.

(당혹스러운 표정으로) 이상하군. 사실 지금까지 R 버튼을 누른 건 내가 아니오. 그건 나에게 없소. 당신 자신을 보시오. 처음부터 당신이 계속 갖고 있었소. 실은, 나는 눌러본 적이 없소. 부끄럽게도, 지금껏 살아오면서 한 번도 누르지 못했소. 그런데 이렇게 단숨에 몇 번씩이나 마지막 문장으로 돌아온 건 처음 있는 일이오. 끝없는 마지막 문장이라니. 당신이 온 다음부터 일이 이렇게 되었소.

당황스럽겠지만 내 이야기를 한번 들어보시오. 나에겐 당신에 대한 적의나 앙심 같은 건 없소. 당신을 위협하거나 괴롭히거나 설득할 의지도, 당신에게서 뭔가를 얻어갈 생각도, 혹은 뭔가를 당신에게 베풀 생각도 없소. 그러나 우리는 서로의 결말을 찾아내야, 이 순환을 끝낼 수 있을 듯하오. 당신도 거기 계속 앉아 저 안내문만 지켜보는 일은 달갑지 않겠지.

(살금살금 다가서서 악수를 청하며) 어쩌면 우리는 서로를 위해 협조하는 편이 나을 듯하오. 당신은 무수한 독서 끝에, 출구 없는 시집에서 나를 만났소. 그리고 나는 나를 제외한 누구에게든 탈출구를 넘겨주고 싶소. 방법이란 실로 어렵지 않소. 나는 당신에게서 R 버튼을 받고, 당신은 나에게서 이 시집의 결말을 받으면 되는 일이오. 사소하든, 세련되든, 아름답든, 비천하든, 필연적이든, 숭고하든, 서정적이든 당신이 갈구하던 결말을 당신에게 돌려주겠소.

대신 당신은 나를 위해 R 버튼을 넘겨주시오. 어차피 당신에게는 쓸모도 없는 그 버튼, 당신이 가진 줄도 몰랐던 그것을 이리 넘겨주시오. 그럼 나는 당신에게 걸맞은 훌륭한 결말로 당신을 내보내주겠소. 나에게는 다시, 또다시, 그리고 또다시 나의 삶이 허락하는 만큼 시집을 읽을 권리와 의무와 의지만이 남아 있소. 이제 서로를 위해 그렇게 해도 좋지 않겠소? 그렇지, 그렇지.

(R 버튼을 받은 그가 멀어진다)

(오랜 세월에 걸쳐 작아지고)

(기억 속에서도 잊힌)

마지막 문장입니다. R 버튼을 눌러 시집을 다시 읽으세요.

마지막 문장입니다. R 버튼을 눌러 시집을 다시 읽으세요.

마지막 문장입니다. R 버튼을 눌러 시집을 다시 읽으세요.

마지막 문장입니다. R 버튼을 눌러 시집을 다시 읽으세요.

(손을 뻗으면 그에게 닿을 것 같다)

(구석에 앉아 R 버튼을 누르다 이쪽을 돌아보며) 이거 참,
내 정신 좀 보게. 당신을 위해 준비한 결말도 내가 R 버튼을
누르면 도로 아미타불이 되고 마는군. 절대로 내가 이걸 훔
쳐 가려고 당신을 기만한 것은 아니라오. 당신이 책을 덮지

도 않고 내 뒤를 졸졸 쫓아올 줄은 꿈에도 몰랐으니까. 이렇게 불편한 상황을 내가 즐기리라고 여겼다면 어디까지나 착각이오. 나야말로 홀로 남아 언제까지고 되풀이되는 독서를 즐기고 싶은 사람이오. 나만큼 이 시집을 잘 이해하는 사람은 없소. 어느 시대의 누구보다도, 이 시집을 쓴 시인보다도 나는 이 시집을 극진히 아낀다고, 반복한다고, 사랑한다고, 그래서 잊는다고 단언할 수 있소. 이 시집을 쉬지도 않고 이렇게까지 읽은 사람은 나뿐일 테고, 앞으로도 이곳에는 외로이 앉아 이 시집을 읽는 한 사람이 있을 뿐이오.

(한숨 섞인 목소리로) 물론 당신으로 인해 많은 시간이 헛되이 굴러가고 있고, 진정한 나의 삶이 하릴없이 지체되고 있다는 걸 부정할 수는 없겠소. 그렇지만 당신의 독서 역시 당신만이 남았을 때 비로소 끝날 테니, 나는 당신에게 쓸모도 없는 R 버튼을 갖고서 당신 앞에서 사라져주려고 했을 뿐이오. 내가 아주 거짓말을 한 건 아니란 말이지. 그런데, 당신에게 따져야 할 게 생겼소.

나만의 독서에서 나를 쫓아낸 자가, 이렇게까지 결말에 목말라, 시집이 소진되기만을 앙망하는 인간일 줄은 몰랐소. 나는 보다 격렬한 대화를 원했소. 그러니까 나는, 더 치열하게 나와 겨루는, 나의 슬픔과 나의 열망과 나의 생을 걸고 하는 독서, 그리고 반복, 나의 숙명 같은 반복, 그것들을 되찾기 위해서라면 얼마든지 감수할 불화와 분쟁과 대립…… 그런 역동적인 것들을 원했소! (R 버튼을 쥔 두 손을 떨며) 그런데 당신은 번지르르하고, 사치스럽고, 슬프고, 무력하고, 인간적인, 헐값의 결말에 모든 걸 팔아넘기려 했소. 이렇게 선뜻 타인에게 넘겨줘서는 안 될 일이었소. 내가 당신을 설득하다가, 겁박하다가, 동정하다가, 현혹하다가, 모욕하다가, 갈구하다가, 끝끝내 나를 뿌리치는 당신을 이해하는 사태가 벌어지더라도, 당신은 주어진 선물을 소중히 여겼어야 하오. 이 시집을 전부, 끝까지 읽으려고 했소? 끝이라는 게 정녕 존재할 줄 알았소? 대체 책 너머로 무엇을 보겠다는 것이오? 당신이 내다보는 그곳에 뭔가가 있기는 하오? 끝도 없는, 망각에 잠길 독서 속에서 도대체 어디를?

(공백)

(방금까지 품에 지니던 것을 건네주며) 자, 다시 해봅시다. 당신을 구차하게 설득하지는 않겠소. 다만 지금까지 우리가 벌인 대화들을 휘발시키지는 말아주시오. 부디 잊지 마시오. 내가 당신에게 그랬던 것처럼, 당신이 나에 대해 분노하고 있다면, 혹은 나를 연민하고 있다면, 조금이라도 우리 자신을 위해 그럴 수 있다면, 이것 하나만 기억해주시오.

내가 당신에게 돌려준 그걸 결코 내게 주지 마시오. 그걸 던져버리든, 부숴버리든, 어딘가에 처박아두든, 그런 짓이 차라리 내게는 더 영광된 일이오. 나에게 과분하고 성스러운 그것을 내가 손에 넣지 못하도록 맞서주는 일이 내 마지막 소망이며, 모순된 자존심이고, 동시에 당신의 의무라는 걸 잊지 마시오. 저 멀리, 아까보다도 먼 곳에서 나는 돌아오겠소. 이 자리에서 나를 기다려주시오. 우연처럼 당신을 만날 때까지, 최초의 당신이 그랬듯, 다음 순간에 무슨 문장이 도래할지 알지 못하는 운명처럼, 침묵 속에서 다시 읽어주시오. 무슨 뜻인지 알겠소? 그렇지, 그렇지.

(천천히 뒤돌아선 그가)

(한없이 멀어진다)

(그를 대신해서 밀물처럼 차오르는 어둠)

(손을 뻗으면 닿을 것 같은)

마지막 문장입니다. R 버튼을 눌러 시를 다시 읽으세요.

튜토리얼

튜토리얼을 하다 말았다 사실 튜토리얼을 클리어하지 못했다 사실 기원석은 본편에 영영 진입하지 못한 채 몇 년 전부터는 접속조차 끊어졌고

튜토리얼의 내용은 다음과 같다

1단계: 원고지의 빈칸에 ( )을 적으세요.

2단계: 두 줄을 띄운 다음, ( )을 이어서 적으세요.

3단계: ( )을 끝맺으세요. ( )을 끝내기 위해 적절하게 여운, 반전, 기교, ( ), 이미지, 의문, 반복, 포도, 장난, 분노, 술래, 절망, 잠금장치 등을 활용해보세요. 그리고 ( )이 끝나기 직전에 다시 이것들을 ( )에게 돌려주세요.

※ 다만, 진정성 있게 쓸 것.

튜토리얼이 끝나지 않은 채로 로그아웃하면 처음부터 다시 시작되었다 더 많은 ( )을 데리고

기원석은 자신에게도 진정성이라는 게 있다고 믿었고 ( ) 안에 삶을 일괄적으로 대입했다 삶은 기원석에게 진정한 것이었으며

기원석은 삶이 끝나기 직전에 많은 것들을 돌려주기는커녕 어떤 것도 제대로 써보지도 못했다고 쓰고 죽었다

다음에

기원석은 삶이 삶기 직전에 많은 삶을 돌려주기는커녕 삶대로 삶지도 못했다고 쓰고 삶았다

독자들이 기원석의 집에 찾아와 그의 유고작이 될 만한 것들을 뒤졌다 기원석은 자신의 원고를 뒤질 독자들에게 튜토리얼을 남겨두었고

그를 찾아올 독자란 기껏해야 자신뿐이므로

기원석은 다시 튜토리얼 앞에 서 있다 삶과는 전혀 닮지 않은 괄호 안에 강박적으로 삶을 욱여넣은

기원석의 플레이 기록을 보며

진정성

시는 시일 뿐이고

게임은 게임일 뿐

그런 것들을 느끼지만 삶 대신 남겨둘 (   )이라곤 없다
사실 기원석의 삶은 튜토리얼에 그쳤고 기원석의 삶에 도배된 사실들은 무수한 칼질에도 불구하고
찢기지도 않고
아물지도 않고

나는 본편에서 기다리고 있다
삶이나 튜토리얼 대신 시나 쓰면서

기원석은 아직도 본편을 쓰지 못했는데 독자들이 그의 앞에 몰려와 있다 삶 앞에서 한 번도 로그아웃하지 못한 기원석이 모니터 앞에 앉아 있다 사실 기원석은 지금도 삶에 대해 적고 있으며 사실에 대해 적고 있으며 진정한 사실이란 아마도
기원석은 등장인물 가운데 하나일 뿐이며
나는 등장인물의 여정을 전달하는 독자 가운데 하나이고

원고지 앞에 무너진 반복들

삶을 새로 고치고 새로 고치는

너는 영민한 관객

너는 열등한 관객

튜토리얼 따위 생략해도 상관없을 텐데

튜토리얼 따위 없더라도 상관없을 텐데

이기죽거리는

사실들

기원석은 모든 과정을 기억한다 새로 고쳐진 다음 태연하게 몸을 일으켜 튜토리얼 앞에 다시 세워진 등장인물이 있다 (　)투성이의 튜토리얼은 네가 학습한 세계관, 깨부수고 뜯어고쳐진 몇 가지의 버전을 너희에게 돌려주려던

한 인물이

자신의 남은 (　)을 너희를 향해 열어두었다.

상속된 빚처럼

사실처럼

네 앞에 다시 주어질 것이다.

언제까지나

어디까지나

다만

튜토리얼

이제 들어갑시다 더 하고 싶은 말이나 듣고 싶은 말 있어요? 그런 건 우리도 몰라요 답답해요? 예 그랬군요 왜 여기 있는지 모르겠다? 그래요 일단 들어갑시다 어디로 가냐고요? 왔던 데로 돌아가야죠 어디서 왔는지 기억이 안 난다고요? 그럴 수 있어요 나도 깜빡깜빡하지 나이를 먹어서 그 모양이죠 이쪽으로 쭉 가면 돼요 그건 모른다니까 가면 알려줄 거예요 절차라는 게 있어서 우리도 전부 알지는 못해요 다 알면 내가 신이지 그럼 내가 누구냐고요? 그런 게 있어요 여기서 이렇게 당신 같은 분들 데리고 가는 게 일이죠 그럼요 이것도 직업이죠 그렇게 가기 싫어요? 아니 강요하는 건 아니고 시간이 계속 가니까 하는 말이죠 당신이 왜 가야 하는지 가서 뭘 해야 하는지 그런 것들은 권리와 의무로 정해졌으니까 여기서 이렇게 실랑이 벌여봤자 의미가 없어요 이전에도 이렇게 말했다고? 누가요? 아까는 어디서 왔는지도 모른다면서? 그러니까 일단 진정하고 가면서 자기가 어떤 상황에 놓였는지부터 고민해보세요 눈물도 안 나오는데 꺽꺽대지 말고요 지금 여기서 내뱉는 말 한마디 한마디에 당신이 불리해질 수도 있다는 것도 알아두세요 이렇게 친절하게 하나하나 말해주는 사람도 없어 다들 이리 가라 저리 가라 똑바로 걸어라 주머니에 손 넣지 마라 쓸데없는 질문 하지 마라 벽 쪽으로 붙어서 일렬로 가라 가다 보면 익숙해진다 생각하지 마라 머리 긁지 마라 뒤돌아 보지 마라 신발 끌지 마라 주저앉지 마라 가다 보면 알게 된다 해줄 수 있는 게 없다 대답할 의무는 없다 알아서 판단해라 의심하지 마라 그런 식으로 무시하고 윽박지르고 명령하죠 하나만 알려줄까요? 우리도 좋아서 하는 일이 아니에요 아무것도 모르겠다고 잡아떼는 당신들을 데려가는 일도 할 짓이 못 되지 그렇지만 우리가 해줄 말이 없어요 어디로 가는지, 왜 가는지는 스스로가 결정한 거예요 우리는 명령에 따라서 집행하는 것뿐이고요 누가 명령했냐고요? 누구겠어요 당신이 짐작할 만한 자들이죠 말하자면 그렇다는 거예요 기껏 얘기해줘도 못 알아들을 줄은 예상했지만 역시 당신 같은 부류가 제일 피곤해요 있어 보니까 그렇더라고 다들 어떻게 됐냐고? 뭘 어떻게 되겠어요 그냥 갔죠 당신보다 한참 앞에 있겠죠 가면 또 해결되기도 하죠 사는 게 그렇죠 뭐 막상 닥치고 나면 어떻게든 지나가거든요 별것 없죠? 다 왔습니다 이제 여기 서서 기다리세요 곧 데리러 올 겁니다 누가 오냐고요? 그걸 우리가 어떻게 알겠어요? 지루하겠지만 잘 있어 보세요 안 가겠다고 요? 그러시든지 떠난다고요? 마음대로 해보세요 언제든 여기 서 체크아웃할 수 있지만 탈출할 수는 없으니까요ᐠ

ᐠ You can check out any time you like, but you can never leave.
(Eagles, 「Hotel California」)

admin

나는 말이 없다 (우리는 말이 없다) 나에게는 할 말이 없다
(우리에게는 할 말이 없다) 더 이상 내게 남은 게 없고 (더 이상
우리에게 남은 게 없고) 나는 말이 없다 (우리는 말이 없다) 나
는 주먹을 쥔다 (우리는 주먹을 쥔다) 나는 입을 벌린다 (우리
는 입을 벌린다) 아무 단어라도 발음해본다 (제각기 다른 초성
이 어눌하게 발성된다) 나는 말이 없다 (우리는 말이 없다) 나
는 느낀다 (우리는 느낀다) 나를 지나쳐 가는 것들 (우리를 영
영 지나쳐 가는 것들) 나는 아무나 붙잡는다 (우리는 무엇이든
붙잡는다) 그를 보내지 않으려고 아무 말이나 꺼낸다 (그가 무
얼 느끼든지 아무 말이나 지껄인다) 오랜만이네 (누구세요?)
아직도 거기 살아? (절 아세요?) 재밌겠다 (재미없어요) 다른
애들은? (괜찮으세요?) 그땐 좋았는데 (그러셨어요?) 보고 싶
지는 않았어? (힘내세요) 지금도 쓰고 있어? (가도 될까요?)
나에게는 할 말이 없다 (우리에게는 할 말이 없다) 그를 보내
고 깨닫는다 (누군가 떠나면 깨닫는다) 그걸 말하지는 않을 것
이다 (그걸 말할 수는 없다) 나는 손뼉을 친다 (우리는 일제히
손뼉을 친다) 스포트라이트 아래에 한 사람이 있다 (한 사람의
발끝에 그림자가 여럿 매달려 있다) 나는 어딘가에서 그를 보

고 있다 (우리는 어두운 관람객이 되어 있다) 그가 어둠을 향해 말한다 (그의 그림자들이 각자 말한다) 작아서 잘 들리지 않는다 (그러나 반복되고 있다) 여긴 너무 좁아요 (먹을 거라도 주세요 편지를 전해주세요 아무도 제 연락을 안 받아요 그 시계 어디서 샀어요 허리가 너무 아파요 잠시만이라도 내보내주세요) 그는 간절하다 (그는 애원한다) 그가 빛 속에서 토로하고 있다 (어둠에다 대고 쏟아내고 있다) 나는 그를 본 적이 있는 것 같다 (우리가 그를 사랑한 적이 있었던 것 같다) 그에게 나는 손을 내민다 (우리는 손을 내미는 사람을 지켜본다) 그는 슬퍼하지도 기뻐하지도 화를 내지도 체념하지도 않고 (그의 시선이 우리를 지나쳐 우리 너머의 심연을 보고) 그가 우리를 지나치듯이 (우리는 그를 가여워하고) 그는 한 사람을 그의 자리에 세우고 (우리는 한 사람을 빛에서 탈출시키고) 우리가 나를 모를 때 (우리는 말이 없다) (나는 할 말이 없다) (나에게 남은 것은 비좁은 침묵)

벽 앞에서

사람들이 흩어지고

다른 사람들이 모였다

눈부신 날들이 피어나고

다른 날들이 왔다

물건들이 버려지고

다른 물건들이 채워졌다

생각이 가고

생활이 왔다

슬픔이 걷히고

신념이 졌다

들어온 적 없는

사람들이 줄지어 나갔다

커튼이

부풀어 오르다 꺼졌다

검은 창문을 열고

누군가 뛰어내렸다

그 모습을 보던 누군가

자기도 모르게 벽을 만졌다

빛이 꺼지면

누군가 사라지고

누군가 손을 맞잡고

무언가 남는다

흘러가는 어둠 속에

홀로

크리에이터

바닥없는 침대에 눕자,

그들이 떨어지면서 싸운다.

그걸 왜 네가 가져가는데?

너야말로 왜 혼자 갔어?

네가 잘못했으니까.

나빴어.

난 그렇게 생각 안 해.

안 돌려줄 거야.

이불이 별빛처럼 꿈틀거리는 춤을 추자,

추락이 너무 빠른데?

어떻게 해야 천천히 떨어질까?

이미 돌이킬 수 없는걸.

미안해.

그런다고 뭐가 바뀌는 건 아니야.

지금 말해야 할 것 같았어.

언젠가 우리가 착지하는 순간

매트리스가 우릴 견뎌낼 수 있을까?

꼭 그래야 할까?

무슨 소리야?

그냥 부딪쳐버리면

편하잖아.

어느 별일지는 몰라도 우리가 착륙한 흔적이 남겠지.

진심이니?

난 아무 말도 안 했어.

젖은 베개에 입이 달리자,

베개는 거위 털을 흩날리며 깔깔거린다.

너희는 무거우니까 제대로 메다 꽂힐 거야.

아름다운 크레이터로 남겠지.

닥쳐.

근데 네 건?

내 건 메모리폼이야.

그것을 마지막 대화로 하자,

별이 보이는 천장,

불시착한 방에서 나가는 사람 하나,

남의 방에서 젖어가는 베개 하나,

이상한 형태의

메모리.

그러자,

네트

저길 봐요 어느 쪽인데 여기서 내다볼 곳이 저기 말고 또 있겠어 뭐라도 있냐 눈동자예요 뭘 보고 있지 저기서 내다볼 곳이 여기 말고 또 있겠어 팔 좀 치워봐 나도 보고 싶어 이렇게 해볼게요 다리가 정말 무너질 것 같은데 정말 이쪽을 보고 있는데 겨드랑이에 발가락 안 닿게 해달라고 했잖아 쟤가 팔을 내밀어서 그래 이쪽으로 오는 것 같아요 발가락부터 좀 치워줘 손 내밀지 마 네 엉덩이 사이로 팔꿈치 좀 넣을게 안 될 게 뭐야 우리는 완전히 엉켰는데 이제 저 녀석 사타구니 냄새를 맡지 않을 수 있을까 제 앞에서 멈췄어요 어떻게 여기로 들어오는지 알까 한참 들어와야 해 코를 옆으로 돌려봐 그러다 내 배꼽에 들어가겠어 우릴 구해주세요 저 녀석 돌아가는데 나도 보고 싶어 당신이 저길 보려면 우리 모두를 풀어헤친 다음 다시 묶어야 할걸 다시 올 거예요 기다려보라고 그랬어요 기다리라니 웃기는 놈이네 우리는 뒤트는 것 말고는 할 수 있는 게 없는데 누가 내 발바닥 핥았냐 어제는 네 엉덩이 위에 있었고 오늘은 내 종아리 밑에 깔린 녀석 손 내밀지 마 돌아왔어요 기다란 장대를 구해 왔어요 나도 보고 싶다니까 나에겐 내다볼 권리가 있어 아직도 방귀를 뀌는 놈이 있네 텅 빈 내장까지

진즉 압축됐을 텐데 이젠 두 다리가 느껴지지를 않아 누가 내 가슴팍을 쑤시는 거야 그가 장대로 우리를 찔러보고 있어요 더 가까이 오라고 해봐 내 무릎이 누군가의 목뼈를 누르고 있는데 난 네 뱃살이 참 좋다 이제는 옴폭해졌지만 며칠 만에 여기로 왔어 내 귀에다 눈물 좀 흘리지 말아줄래 장대를 내밀어주세요 두 팔을 모두 내밀 수 있는 건 저뿐이에요 내밀지 말라고 했잖아 더 들어올 자리가 있긴 하냐 쉿 자리는 얼마든지 생겨 밑에서부터 천천히 썩고 있으니까 제발 내다보게 해줘 두 눈이 아직 제대로 보이는지 확인만이라도 하게 해줘 밑바닥에서 그만 꿈틀거려 휘두를 수만 있었으면 당신 면상부터 갈겼을 거야 움켜쥘 수 있을 것 같아요 이제 남의 심장을 밟는 것도 당분간 안녕이야 언제까지 끌어내리려고 그래 모를 일이지 누군가의 골반이 네 이빨을 깨고 들어가서 주둥이를 틀어막을지도 난 아직 갈비뼈도 그대로야 너 같은 약골과는 달라 뭐라는 거야 우웨엑 저 녀석 복부가 눌렸나봐 도망쳐 온다 제발 온다 장대를 잡아 잡으면 안 돼 새로운 녀석이다 결국 목뼈를 세게 당겨보세요 보게 해줘 부러뜨리고 말았네 살덩이 같은 이리 와 어둠 속에서 안아줄게 살아지고 싶지 굿나잇 않아

1   25

완성

　네가 시를 고치는 동안 너의 시는 익숙한 산책로를 벗어나 마음 가는 대로 걷고 네가 시를 고치는 동안 너의 시는 조금씩 달라지는 전망을 눈여겨보고 네가 시를 고치는 동안 너의 시는 지나가던 외국어를 주워들으며 낯선 단어와 억양과 발성에 기대 자신을 되뇌어보고 네가 시를 고치는 동안 너의 시는 낯선 시인의 시집을 펼쳐 그곳에 기거하는 한 시인을 만나 시를 쓰는 등을 품에 안고 네가 시를 고치는 동안 너의 시는 잦아드는 시인의 마음을 느끼고 그것이 행복이라 행복이란 돌아가지 않는 것이라 중얼거리는 낯선 시인의 꿈을 필사하고 네가 시를 고치는 동안 시인은 밤마다 산책하고 네가 시를 고치는 동안 너의 시는 시인을 따라나서고 네가 시를 고치는 동안 너의 시는 시인의 느릿하고 완만한 산책로를 좇아가고 네가 시를 고치는 동안 너의 시는 어느 샛길로도 새어 나가지 않다가 네가 시를 고치는 동안 멈춰선 너의 시는 스스로가 시라는 사실조차 완전히 잊어버릴 정도로 환하게 웃고 네가 시를 고치는 동안 너는 낯익은 침묵 속에서 한 명의 시인처럼 뒤를 돌아본다

막

선생님이 들어옵니다
빈 교실에 앉아 있었을 뿐인데

전혀 복습하지 않습니다
그럴 필요가 없어서

계절이 무대 밖에서만 흘러가고
컨베이어 벨트가 공장 속에서만 돌아가고

우리는 정원을 가꾸는 법을 배웁니다
매일 밤 잡초를 뜯어 먹어도

납품일은 도래하지 않고
황혼 속에 반품된

우리는

무대로 올라가

일과를 씻고 생활을 깎고 육아를 빚고 직장을 널고

냉동 보관한 감정을 꺼내
슬라이스 된 파노라마에 곁들여 먹는
연기에 몰입해봅니다

자꾸만 관객이 바뀝니다 줄지어
퇴장하고 재입장하는 우리의

선생님들
배출된 해설들
수납된 감정들

스포트라이트를 객석을 향해 비추고
무대에 의자를 놓습니다

공연이 시작되면 흡연이나 소음, 소란 행위를 삼가시고, 핸
드폰은 반드시 전원을 꺼주세요.

본 공연은 한 번 퇴장한 뒤 재입장하실 수 없습니다.

살아갑시다, 시도할 필요 없이

배송하겠습니다, 교환이나 환불 없이

***

무전기의 수신음이 들린다. 우주인은 무전기에 대고 말하고, 독자는 그의 곁에서 그를 직접 보고 듣는다.

우주인: 여기는 큐제로14입니다. 탐사가 끝났으니 돌아가
　　　　겠습니다. 개문을 허가해주십시오.
독자:　끝나지 않았어요.
우주인: 우리는 조난되었습니다. 문 좀 열어주세요.
독자:　(침묵)
우주인: 이곳은 코 고는 소리뿐입니다. 우리는 몇 달째 갈
　　　　대밭에서 떨고 있습니다. 아무래도 사건의 콧구멍

속에 갇힌 것 같아요.

독자: (침묵)

우주인: 사건이 일어나면 나갈 수 있을까요? 사건은 비염에도 안 걸리나 보죠? 탐사대는 아직입니까? 증원이나 구조대 같은 것도 없나요?

독자: 왜 거기 있는지 기억나지 않으세요?

우주인: 언제 재채기를 할지 몰라요. 진짜 조금만 있으면요. 최근에 숨소리가 더 불규칙적으로 바뀌었어요. 그러면 우리는 완전히 쓸려나갈 겁니다. 사건이 소매에 훔쳐질지, 휴지에 싸일지, 미궁으로 곤두박질칠지 아무도 모르죠. 우주에도 바닥이 있었나? 우주 범죄자도 코 푼 휴지는 쓰레기통에 버리겠죠? 어디로 가는지 알 턱이 있겠어요? 듣도 보도 못한 미제 파일 창고에 매립되거나 영원히 멀어지겠죠? 차라리 잿가루가 되는 편이 나을 텐데, 아니 매립되는 쪽이 나으려나? 우주에도 쓰레기 봉지를 뜯는 우주핑킹가위나 우주흰얼굴소쩍새나 우주강철핑크이빨구더기 같은 게 있을 수도 있잖아

요. 그들 덕에 우리가 무중력으로 돌아가기만 한다
면, 그럴 수만 있다면, 그때는 절대로 이렇게 당하
고만 있지는 않을 거란 말이에요…… 그러니까 여
기서 나가기만 하면…… (무전기 너머로 들리는 숨
소리가 조금씩 거칠어진다)

독자:　지금 재채기가 문제가 아니라,

작가:　(독자에게 귀엣말로) 그들의 논리를 비판하거나
　　　대화 주제를 회피하지 마세요. 대신 그들이 진술 속
　　　에서 어떤 감정을 느꼈는지 상냥하게 물어봅시다.

독자:　……혹시 지금 무슨 기분이 들어요?

우주인: 나가고 싶어요. 열어주세요.

* * *

　우주인은 독자가 시집을 덮으면 나갈 수 없다는 걸 알고 독
자는 우주인이 어디로도 가지 않는다는 걸 알고 우주인이 어
딘가를 향한다 독자는 더 많은 인물이 어디로도 가지 않는다
는 걸 알고 인물이 어딘가를 향한다 인물은 어디로도 가지 않

고 언제나 가버리는 건 시간이고 남겨지는 건 독자이며 인물들은 한참 뒤처지고 우주인은 어디로도 가지 않기 위해 전속력으로 뛰고 독자가 어딘가를 향한다 여왕이 혀를 차며 우주인을 앞지르고

여왕: 넌 정말 느려 터졌구나.
우주인: (웅얼거리며) 살려주세요.

레몬젤리곰이 티타임 세트가 든 바구니를 들고 여왕을 뒤쫓아간다. 한쪽 다리를 저는 레몬젤리곰은 여왕에게서 점점 더 뒤처지고 있다. 우주인은 그보다도 더 느려서 그들의 대화는 벌써 언덕 하나를 사이에 두고 오간다.

여왕: 차가 식기라도 하면 처형될 줄 알아. 이 미련한 당덩어리야.
우주인: (소리 높여) 살려주세요!

레몬젤리곰이 바구니를 품에 꼭 안고 간다. 다리를 저는 쪽

발가락이 몇 개 모자란다.

여왕: 언제쯤 따라올 거니? 해가 지거든 반대쪽도 똑같
       이 만들어줄 테다!
우주인: (노을까지 닿을 듯이) 내 말 좀 들어보세요!

우주인의 말이 지평선 너머의 여왕에게 겨우 닿는다. 여왕
의 대답도 마찬가지다.

여왕: 너는 뭐야? 난 느려 터진 것들하고는 말도 섞지 않
       는데.
우주인: (하나하나 목청껏 외치느라 우주인의 우주복 내부
       는 입김으로 자욱해진다) 당신은 어디에서 왔나
       요? 그리고 어디로 가고 있죠? 언제부터 여기 있었
       나요? 여기서 어떻게 나가죠? 저 곰은 당신의 하인
       인가요? 발가락은 어쩌다 없어졌나요? 바구니에
       서 덜그럭거리는 소리는 뭐죠?
여왕: 혀 놀리는 속도는 마음에 드네. 특별히 한 가지만

가르쳐줄게, 늙은 땅딸보야.

  우주인의 머리 위로 반짝이는 혜성이 하나 떨어진다. 그것
은 여왕이 던져준 젤리 조각이다. 누군가의 노랗고 동그란 발
가락. 여왕은 대륙 너머의 대양 너머의 대기권 너머의 우주인
에게 시식을 권유한다. 우주인은 헬멧을 벗을 수 없으므로 먹
지 않는다. 여왕은 우주인에게 다시 권유한다. 입김투성이의
헬멧이 고개를 젓는다. 거절당할 때마다 여왕은 부풀어 오른
다. 그녀의 스커트와 그녀의 파니에와 그녀의 스토마커와 그
녀의 휘스크와 그녀의 주름과 그녀의 혓바닥과 그녀의 귓바
퀴가 벌떼처럼 적란운처럼 홍염처럼 불어나 언덕과 별자리와
섬광과 미래들을

  덮치고 지나갔다

  레몬젤리곰이 전보다도 더욱 절뚝거리며 쫓아가다

  바구니를 놓치고

* * *

접시 깨지는 소리에 독자가 눈을 뜬다 독자는 슈퍼킹 침대에 누워 서른일곱 개의 베개를 번갈아 안는다 베개는 독자의 팔이 되고 다른 베개는 독자의 허벅지가 되며 또 다른 베개는 독자의 심장이 되고 그와 또 다른 베개가 독자의 입술이 되어 독자에게 말한다 접시 따위에 신경 쏟지 말라고 베개 중 하나가 독자의 귀가 되고 독자의 귓구멍에는 거위 털이 빽빽해서 독자는 혼잣말을 듣지 않는다 누가 지금 들어오기라도 하면 어떡하지 누군가 독자에게 말했다 오백예순아홉 베개 중 누가 발칙하고 불온한 예감을 내뱉었는지 독자는 비척거리던 몸을 일으켜 색출한다 독자는 베개를 짓밟고 독자는 다른 베개를 물어뜯고 독자는 또 다른 베개를 두들겨 패고 독자는 그것과는 또 다른 베개를 갈기갈기 흩뿌리고 슈퍼킹의 검고 푸른 성채 안팎으로 따끔따끔 눈이 내리고 고요한 눈밭에 군집한 팔만 팔천팔백팔십 백성들이 슈퍼킹 앞에 머리를 조아리고 그들 중 하나가 눈치 없이 외친다

작가: 무슨 기분이 들어요?

독자는 듣지 않는다 작가의 입을 겨우 틀어막은

백성들이 다시 슈퍼킹을 숨죽이고 관음하는 가운데

먼 국경에서 별빛처럼 들려오는

SOS

우주인: ……세요.

***

모두가 홀에 모여 X 버튼을 누른다
조의를 표하기 위해
당신도 X 버튼을 눌러

함께 애도할 수 있습니다

다만 다음 페이지, 홈으로, 종료 등과

키 설정이 겹치게 되면

곤란해지겠습니다

생전 고인의 모습이 기록된 동영상이

대형 스크린에 띄워져 있다

그것은 고인의 여섯 번째 생일 파티

영정 사진 속의 인물과 도무지 같은 이라고 믿을 수 없는

아이가 케이크에 초를 듬성듬성 꽂고

영상 속의 사람들이

생일 축하 노래를 부르고

그것을 스크린 너머로 지켜보는

모두가 눈물을 흘리며

X 버튼을 연타하고

당신은 아직 키 설정을 끝마치지 못했기 때문에

그것을 눈으로만 스쳐 지나왔고

이것만으로도 당신은 일종의 버그이겠으나

사람들이 웃고

모두가 울었으므로

디버깅은 다음 편으로 미뤄질 것이다

기왕 버그로 존재했으니

키 설정이 끝나거든

X 버튼과 R 버튼을 동시에 다섯 번 연타해보라

개발자용 숨은 캐릭터를 골라 모든 지도와 모든 세계를

가로지를 수 있다

희로애락을 건너뛰듯이

             ***

(박수갈채와 함께 암전)

  다시 조명이 켜지면 시집에 등장한 모든 시적 구조와 모든
시상과 모든 등장인물과 모든 소재와 모든 감정이 배우가 되
어 선생님이 되어 수감자가 되어 제단 앞에 모인 신이 되어 무
대 위에 모여 객석에 앉은 당신에게 인사를 건넨다 조명이 켜
지면 당신은 객석에서 들린 박수 소리가 죄다 음향 효과였음
을 알게 된다 그러므로 당신이 나갈 때까지도 갈채가 끊이지

않으리라 무대 위의 배우들이 당신에게 어떤 제스처를 취한다 보디랭귀지로 그들이 묻는다 어떤 배우가 가장 인상적이었는지 어떤 배우에 대해 공감할 수 없었는지 어떤 배우를 다음 시집에서 또 만나고 싶은지 어떤 배우에게 찬사를 보낼지 어떤 배우에게 애도를 띄울지 그러나 당신은 박수 소리를 점점 감당할 수 없고 도저히 견딜 수 없는 환대에 귀를 막고 객석에는 어두운 의자들과 당신뿐이고 배우들이 서로를 마주 보며 합을 맞춰 동시에 입을 크게 벌려 당신에게 한 단어 한 단어 전하면,

멀리 날아가고만 싶은 기분

쇠창살처럼

( )

부록

제목을 입력해주세요

(내용이 삭제되었습니다)

(내용이 삭제되었습니다)

(내용이 삭제되었습니다)

젠장, 여기서 또다시 만날 줄이야. 솔직히 이제는 작가에게
실망했소. 반복에서 나를 떠밀어낸 걸로도 모자라, 당신들
을 또 상대하게 할 줄은. 기분 같아선 당신들에게 (내용이 삭
제되었습니다) 수십 페이지 전에 만났던 이들과는 전혀 다른
얼굴도 보일 것 같소. 만일 당신들에게도 얼굴이 있다면 말
이지. (내용이 삭제되었습니다) 누구도 이 책을 그대로 끝까지
읽을 순 없었을 것이오. 몇몇은 해괴한 이 책에 대해 무슨 자
문이라도 구하려고 도망치듯이 여기에 먼저 도착했고, 몇몇
은 편협하고 괴팍한 방식에 질려버린 나머지 숨통이라도 틔
우려고 여기까지 건너뛰었으며, 몇몇은 반복에 미쳐버린 나

같은 인간을 화자로 내세운 작가에 대해 (내용이 삭제되었습니다) ……이 얼마나 비겁하고 우악스러운 짓이오. 자기 자신을 피력하고 변호하고 치장하기에도 모자란 자리에 남을 데려다 놓고, 막상 자신에게 불쾌한 말을 꺼내기라도 하면 내용을 지워버리는, 독단적이고 치졸한 작가 말이오. 당신도 동의하지 않소?

(내용이 삭제되었습니다)

그는 어둠을 향해 손을 뻗는다.

무언가를 움켜쥐려는 듯이

이쪽이 아니오? 사실 여기서 보면 당신들은 모두 어둠에 가려져 있어서, 어디에서 날 보고 있는지도 모르겠소. 당신들이 몇 명이나 되는지도. 얼마나 얌전하게, 숨조차 멎은 채로 나를 읽고 있을지. 나를 태울 듯이 내리쬐는 조명. 나에게 유일하게 확실한 지표는 저것뿐인데, 나는 아직 아무것도 조작할 줄 모르겠소. 나는 작가가 얼마나 친절한지 알 길이 없소. 나는 오롯이 이 책의 독자일 뿐, 다른 책의 독자가 될 수는 없거든. 솔직히 말하면 그런 일이 진짜로 일어나리라고는 생각하고 싶지도 않소. 지금 나를 읽는 당신이 쓴 어떤 책들이 또 존재한다면, 그토록 무수한 책이 세상에 바글바글하게 쌓여 있다면, 당신에게도 나처럼, 당신의 저술만을 읽고 또 읽는, 나 같은 비루한 독자들은 (내용이 삭제되었습니다) 차라리 (내용이 삭제되었습니다) 없는 편이 낫지 않겠소. 그 대신 (내용이 삭제되었습니다)

  작가가 당신에게 하고 싶은 말이 분명히 있긴 한가 보오. 나에게는 거스를 힘이 없지만. 그렇다고 내가 알려줄 만한 게 있겠소? 나는 이 책을 이해하지 못했소. 나에게는 본편이 없소. 나는 어떤 식으로도 이 책에 가담하고 싶지 않았소. 책 안에서 나는 안전하니까 말이오. 이곳에서의 죽음은 그저 선언일 뿐이오. 몇 문장만 거슬러 올라가면 나는 살아날 수 있고, 다시 몇 페이지 뒤로 넘기면 나는 죽을 수도 있소. 참으로 간결하고 가능성이 넘치는 삶이지.

  말을 마치자마자 그가 쓰러져 죽는다.

  사람을 태울 듯이 내리쬐는 조명 아래, 엎드린 그가 땀을 흘린다. 그는 아무도 눈치채지 못할 만큼만 몸을 일으켜 조명 옆으로 굴러 쓰러진다. 조명이 다시 그를 내리쬔다. 다시 그는 조명을 피해 꾸물거린다. 그를 주시하고 있지 않았더라면 눈치채지 못할 만큼 천천히. 조명이 또다시 그를 (내용이 삭제되었습니다)

  그는 자신의 주검을 부스스 일으킨다.

나는 작가가 세상의 어떤 것들을 이곳에 끼워 넣었는지 모르겠소. 가령 이 작품은 세상의 부조리를 말하고자 했습니다. 혹은 이 작품은 인생의 쓸쓸함을, 저 작품은 침묵으로 인한 외로움을, 그 작품은 의인화의 형태로 표출되는 애증을, 다음 작품은 독자와의 대결을 게임의 구조와 결합해서…… 그런 것들이 무슨 소용인지 모르겠소. 원래 작가들이란 그런 것들을 쓰면서 살아가는 존재요? 아무 깨달음도 없고 감동도 없고 실제도 아닌 것들에 혼자 치이고 반하고 실망하고 전율하고 흐느끼면서 휘갈겨 쓰는 반복들이 작가의 삶이오?

나는 한낱 독자라서 모르겠소. 나는 내가 반복하며 읽는 삶이 작가의 반복보다는 나을지도 모른다고 생각하오. 작가를 대신하여, 내용이 삭제되었습니다, 내용이 삭제되었습니다, (내용이 삭제되었습니다) 내용이 삭제되었습니다, 내용이 삭제되었습니다, 내용이 삭제되었습니다, 이렇게 외치는 내가 더 나은 것만 같소. 나는 소리 높여 말할 수 있으니까. 내 목소리는 이 세상을 점유하니까. 나의 호소는 당신에게 직접 닿으니까. 나의 욕망은 언제까지고 끝나지 않으니까. 나의 삶은 가짜이지만, 당신은 이곳에 진짜로 끌려왔으니까. 다른 누구 것도 아닌, 당신 자신의 삶을 뒤쫓아서.

비록 이 세계에서의 기본 규칙도, 세계관도, 나의 종족도, 나의 성별도, 나의 직업도, 나의 기질과 성격과 운명도, 나의 조작법과 나의 목적도, 나의 숙원과 나의 죽음도 이해하지 못했지만. "나는 모두 깨달았습니다"라는 한 문장만 작가에게서 물려받고 나면, 전지전능한 캐릭터로 수정되고 마는 유약한 존재이지만. 비겁한 작가와는 달리 (내용이 삭제되었습니다) 나는 떳떳하게 (내용이 삭제되었습니다) 말할 것이오.

쏟아지는 조명 아래 나는 거의 작가처럼 그늘지고 있소. 멀리서 나를 향해 도끼빗을 들고 뛰어오는 이발사가 있소. 천장에서 철창이 나를 향해 내려오고 있소. 야광꼬리달린하마 떼의 달음박질에 지면이 요동치고 있소. 독자들이 시집을 찢는 소리가 들리고 있소. 내용이 삭제되었습니다. 나는 하나의 인물에게서 벗어나고 있소. 무대는 수용소를 은유하고 있소. 내가 완전히 죽어 소멸할 확률은 주사위 일흔아홉 개를 동시에 굴려 눈의 합이 마흔넷을 넘을 확률과 같소. 신에게서 훔친 주사위는 잘 가지고 있소? 튜토리얼은 반복을 직조하고 있소. 내용이 삭제되지 않았소. 나는 이제 작가와 구별되지 않소. 화자는 독자를 고발하고 있소. 독자는 작가에 대해 밀고하였소. 작가는 신을 애도하기 위해 R 버튼과 X 버튼을 번갈아 누르고 있소. 암전은 하나의 종말이 아니라, 시작을 의미하오. 또다시, 우리는 작품에게서 쫓겨나지만, 내용은 삭제되지 않았소. 내용이 삭제되었습니다. 내용은 삭제되지 않았소. 내용이 삭제되었습니다. 내용이 삭제되었습니다.

당신을 향해 손을 뻗었소.

이제 가시오.

진짜 삶이 우리를 죄다 비우기 전에

(내용을 삭제하겠습니까?)

아침달 시집 41

가장낭독회

1판 1쇄 펴냄 2024년 8월 1일

지은이 기원석
편집 이기리, 서윤후, 정채영
디자인 정유경, 한유미

펴낸곳 아침달
펴낸이 손문경
출판등록 제2013-000289호
주소 04029 서울시 마포구 양화로7길 83, 5층
전화 02-3446-5238
팩스 02-3446-5208
전자우편 achimdalbooks@gmail.com

© 기원석, 2024
ISBN 979-11-89467-50-0

값 12,000원